鲁迅文学院·第三届国际写作计划
International Writing Program

吉狄马加 / 主编　　邱华栋 / 副主编　　吴欣蔚 胡嘉 程远图 / 编选

作家出版社

目录

International
Writing Program

Lu Xun Academy of Literature

09
──
21

2018

第三届国际写作计划
开幕式暨朗诵会

International Writing Program

Lu Xun
Academy of
Literature

*International
Writing Program*

第三届国际写作计划开幕式

暨作品朗诵会

International Writing Program 2018

时　间 - 2018 年 9 月 21 日 19：30-21：00
地　点 - 鲁迅文学院芍药居校区
主持人 - 邱华栋（鲁迅文学院常务副院长）

活动安排

❶ 19:30 吉狄马加院长致欢迎辞

❷ 19:40 铁凝主席致辞

❸ 19:50 叙利亚诗人阿多尼斯致辞

❹ 20:00 美国作家杰夫·惠勒致辞

❺ 20:10 鲁院第三十五届中青年作家高研班学员孔亚雷发言

❻ 20:20-20:50 作品朗诵会

在鲁迅文学院第三届国际写作计划
开幕式上的致辞

2018 年 9 月 21 日
中国作家协会副主席、鲁迅文学院院长 / 吉狄马加

✏ 开幕式现场

尊敬的各位来宾、各位朋友，女士们、先生们：

大家晚上好！

今天，我们非常高兴在鲁迅文学院举办第三届国际写作计划的开幕式，和各国作家齐聚一堂，共叙文学、深化友谊。在此，我谨代表鲁迅文学院，向各位新老朋友的到来表示热烈的欢迎！

为推动中外文学交流，促进不同民族与国家的文化互动，中国作家协会于2017年启动了国际写作计划这一国际文化交流项目。这一项目由中国作家协会主办，鲁迅文学院承办，迄今已举办过两届。不同国家、不同创作领域的作家们相聚在鲁迅文学院，分享创作经验、增进情感沟通，强化了对构建人类命运共同体的认同，夯实了中外文学交流的新平台，也为增进中国作家对不同民族文化的了解、汲取其他民族文化的优长搭建了友谊的桥梁。

接下来的这段时间，诸位都将生活在鲁迅文学院，时令初秋，我相信鲁迅文学院雅致的校园风光和静谧的生活环境将会给大家留下深刻的印象。下面，请允许我为大家简单介绍下鲁迅文学院。鲁迅文学院所属于中国作家协会，是中国唯一一所国家级以培养文学人才、推动国际文学交流为己任的文化机构，它以中国现代著名作家鲁迅的名字命名，传承着中国文学"立根传统，取约众长，包容开放，戮力创新"的内在精神，担守着复兴中国民族文化的历史使命。鲁迅文学院已经走过了六十多年的历程，在这里，曾走出了莫言、余华、刘震云等一大批在国内外享有盛誉的作家，鲁迅文学院的文学营养和精神内涵为来这里学习、研修的作家提供了不竭的动力和成长的源泉，它也因此被一代又一代作家亲切地称为"作家的摇篮"。希望在三十五天的时间里，大家能够感受到鲁院的魅力，收获美好的回忆。

我们都知道，中国自上世纪80年代以来坚持的改革开放取得了卓著的成果，自此确立了开放学习的姿态和对不断进步的渴求。本届国际写作计划，我们将以包容谦虚的姿态和坦诚饱满的热情与各国优秀作家进行真挚的文学对话，对文学创作的世界性问题进行深入探讨。我相信，这样高水平的文学交流，将激发出更加多样的文学表达、呈现出更加丰富的文学镜像、传递出更加生动的文学感受。同时，我也希望诸位外国作家朋友在鲁迅文学院交流期间能收获和中国作家的友谊以及有关中国文化的独特体悟。

最后，祝愿大家此次中国之行心情愉快，身体健康。也祝愿本届国际写作计划取得圆满成功！

✎ 开幕式现场

✏ 邱华栋主持开幕式

在鲁迅文学院第三届国际写作计划
开幕式上的致辞

2018 年 9 月 21 日
中国文联主席、中国作家协会主席 / 铁凝

尊敬的各位来宾、远道而来的作家朋友们，

女士们、先生们：

　　大家晚上好！

　　秋阳耀辉、桂子飘香，我们相聚在金秋的北京，迎接来自叙利亚、美国、意大利、希腊、哥伦比亚、克罗地亚、秘鲁等七个国家的八位作家朋友，共同拉开鲁迅文学院第三届国际写作计划的金色帷幕。在此，我谨代表中国作家协会，向各位朋友的到来表示热烈的欢迎和诚挚的问候！

　　亲爱的作家朋友们，无论您是第一次踏上中国的土地，或是已曾到访过中国，我们都对您能参加鲁迅文学院的国际写作计划而感到高兴和荣幸。由中国作家协会主办、鲁迅文学院承办的国际写作计划，迄今为止已成功举办两届，已有来自十六个国家的十九位作家完成了在中国的深度文化体验，他们驻扎在鲁迅文学院，和中国作家一道，通过研讨、参观、交流的方式，在中国度过了一段难忘的时光，留下了珍贵的生动记忆，并写下了许多深情的文章。参加国际写作计划，使各国作家们深切感受到中国传统历史与新时代现实生活的变化，以及历史古都与国际大都市的碰撞，你们能听到、看到、感受到中国日新月异的变化和蓬勃的发展力，相信这一切，都能开拓和放大自我的生命体，以更大的格局、以文学的视角，来观照"人类命运共同体"的主题。不同文明间的交流互鉴是全世界作家的共同愿望，文学为我们的心灵相通架起了金桥，让我们共同感受到不同国家和不同民族的灿烂文明，为我们的互融互通提供了更为广阔的空间。

当世界拥有了开放与合作，距离便不再遥远。中华民族有着数千年的文明史，历来追求和睦、爱好和平、倡导和谐，"亲仁善邻""协和万邦"，造就了独树一帜的中国优秀传统文化，饱含"仁""爱""和"的基因。孔子说"有朋自远方来，不亦乐乎"；近代思想家王阳明则主张"天下一家"，"圣人之心，以天地万物为一体，其视天下之人，无外内远近。……天下之人，皆相视如一家之亲。"这些优秀传统文化，是中华文明得以传承和繁荣的精神支柱和思想渊源。中国自古就认识到文化交流需要"和而不同、兼收并蓄"的道理，并在当下中国，保持着对和平、仁爱、天下一家等优秀文化创造性转化和创新性的发展；当下世界，各国相互联系、相互依存的程度也越来越深入，越来越成为你中有我、我中有你的格局。"一花独放不是春，百花齐放春满园"，尤其在文化方面，大道致远，海纳百川，既要把握不同国家的文明要平等交流、共同进步，又要重视不同思想文化相互激荡的现实，而文学的力量，将永远是一束不灭的火焰，它超越了民族和国家，是永不枯萎的精神动力，它启迪智慧、呵护真善美、打动心灵、照亮生命的前途。

在这里，我想借用本届国际写作计划作家，也是在世界诗坛享有盛誉的阿多尼斯先生的一句话，那是去年阿多尼斯先生在上海参加国际诗歌节时所发出的感叹："薄暮时分，黄浦江畔，水泥变成了一条丝带，连接着沥青与云彩，连接着东方的肚脐与西方的双唇。"今天我们在北京再相会，通过本届国际写作计划，让我们扬起文学的丝带，承载起各国作家之间的友情，期待各位作家在北京、在中国，找到更多推动中外文学交流、维护世界和平的路径，为推动人类文明进步谱写新的史诗。

最后，预愿本届国际写作计划圆满成功，祝愿各位作家朋友在中国期间身体健康、生活愉快、吉祥如意！

谢谢大家！

✎ 开幕式合影

在鲁迅文学院第三届国际写作计划
开幕式上的致辞

2018 年 9 月 21 日

阿多尼斯（叙利亚）

Adonis

铁凝女士，吉狄马加先生，各位朋友：

首先，我要感谢诗人吉狄马加，感谢他的盛情邀请，感谢他为了自己和朋友们的创作而殚精竭虑。我还要借此机会，向伟大的中国作家鲁迅致敬，我们所在的文学院，就是以他不朽的名字命名。我还要向在座的所有朋友致以问候！

自从兰波发出改变世界和生活的倡议以来，这种改变就一直在发生；不过，是朝着与这位富有远见的诗人的初衷相矛盾的方向改变。世界，正愈发变成一座军营，一个消费的市场。其中，不少从事文学艺术创作的人士也与这种变化随波逐流。由于这一切，产生了许多非常复杂的问题，并且将世界引向黑暗的灾难边缘。

如果说科学实际上助长了这个世界的军事化，如果说哲学及其他人文科学已不能言说新的内容，以使世界变得更加美好，那么，问题便是——诗歌，以及文学艺术创作，还有没有新的东西可以言说？我的答案是：有的。因为文学，尤其是诗歌，是关乎自我和他者的存在与命运的。

词语，自世界之初便已存在。创作，即意味着改变，意味着为世界、为事物与词语、事物与人的关系呈现新的图景。

在创作中，他者不仅仅是读者、对话者或消费者，而是构成自我的重要元素。

他者即自我。历史上，阿拉伯哲学家伊本·阿拉比曾说过后世的兰波说过的名言——"我即他者"。在阿拉伯文化史上，还有不少类似的表述，赞美人与人之间的友谊——无论人们来自什么文化、宗教、民族的背景，并且将自我与他者视为一体，共同呈现于一个友谊的天地。最好地体现这种友情的，是中世纪的阿拉伯散文家陶希迪的名言："朋友是他者，也就是你。"

在当今世界，诗歌是否真的要表达新的内容？那又是什么？诗人是否有不仅针对他者，而且首先针对自己、针对自己的世界观提出的问题？

在此，诗人把诗歌言说的真理，置于人的鲜活经验的背景之上，诗歌从语言及其隐喻意义的书写，转变成对世界及其问题的书写，转变成对诗歌效应的检验；因为诗歌也是一种活动，它作为一种普世的表述，能够超越抽象的理论及遥远的时空，将不同的时空熔铸于人与人超越时空相会的崇高瞬间。

再次感谢各位朋友，感谢铁凝女士、吉狄马加先生和邱华栋先生，感谢你们让我们相聚于这个友谊的空间，这个致力于让世界变得更加美好的空间。

（薛庆国 译）

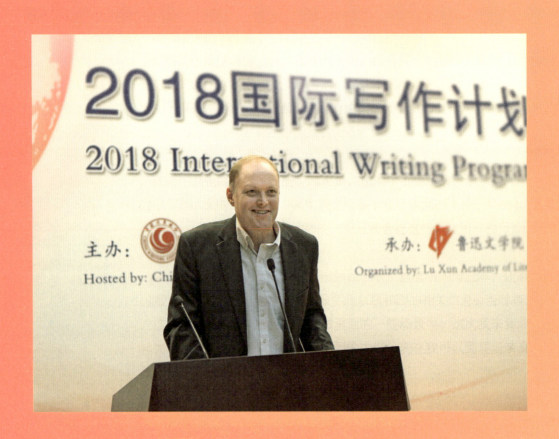

在鲁迅文学院第三届国际写作计划
开幕式上的致辞

2018 年 9 月 21 日

杰夫 · 惠勒（美国）

Jeffrey Michael Wheeler

各位朋友：

今天很荣幸能有机会在这里跟你们交流。感谢鲁迅文学院启动第三届国际写作计划。感谢上海文艺出版社精心安排的这次访问。虽然我不懂中文，但首先我想说：Nihao！你好！

这是我第三次访问中国。我在入职英特尔公司之前来过这个美丽的国家，但这是我第一次来北京。在英特尔，我交了很多中国朋友，他们十分友好，亲切地向我展示这个伟大的国家。我的一个朋友告诉我，我的个人信仰与中国人十分相似，我们都尊重家庭，敬爱祖先，目光长远。其实，她觉得我应该叫"Jeff Wong"，而不是"Jeff Wheeler"。如果你觉得这样叫会更舒服，对我来说这是一种称赞。

无论来自哪里，作家都有一个共同的使命，就是探索人类的情感：正是这些情感将我们所有人联系在一起。作为作家，我们将自己的情感倾注于文字，与读者建立起共鸣。我们用的是什么语言，其实并不重要。重要的是我们所分享的情感将我们彼此联系起来，将我们与所创造的角色联系起来。

我喜欢引用古人之言，最喜欢引用一句罗马哲学家奥维德说的话。两千年前他写道：凡是新想法，生命力都非常脆弱，一声耻笑、一个呵欠都会将其扼杀；一句嘲讽就可能使其泯灭；或是权威人士皱一下眉都会让其忧心如焚。

第一次读到这句话时，它便引发了我对自己脑海里那些故事想法的思考。如果一些想法尚不成熟，尚未成形，而我们又急于分享，那么它们就很容易受到批评或遭到拒绝。最重要的是我们要酝酿新想法并不断巩固，最终使其成熟。我们应该鼓励新作家开始他们的第一次尝试。对我来说，是他人温馨的话语给了我信心，让我有勇气坚持完成了一百万字的写作量。我们永远都不知道一个想法何时才能变成一件完美的艺术品。因而我们应该谨慎做出回应。错误的时间，即便一个不起眼的呵欠也可能会造成很大的伤害。相反，微笑却是有魔力的。

我认为这次会议是我们分享新想法的绝佳机会。鼓励彼此用文字创造情感，保护这些脆弱的想法，直到有一天，它们会变成触动心灵的话语。我因为受另一位作家的启迪而开启了我自己的作家之旅，所以我希望别人读我的作品时，也能有这样的感觉。

再次感谢您的邀请。我期待与大家一起分享新想法，保护新想法。

谢谢！

在鲁迅文学院第三届国际写作计划
开幕式上的发言

2018 年 9 月 21 日
鲁院第三十五届中青年作家高研班学员代表 / 孔亚雷

各位尊敬的领导，老师，外国作家朋友，同学们：

大家好！

我叫孔亚雷，来自鲁迅文学院第三十五届高研班。首先我想代表鲁三十五翻译家班的全体同学，对中国作协和鲁迅文学院表示深深的感谢，感谢给我们这样一个美好的机会，以文学的名义，相聚在秋天美丽的北京。我也想代表同学们，对来自世界各地的八位作家同事表示诚挚的欢迎，欢迎来到中国——一个如文学般既古老又崭新的国度。

普鲁斯特说过，所有真正的写作都是一种翻译，是的，也许我们甚至可以说，文学的任务，就是将人类复杂而微妙的心灵密码翻译成语言和文字。我想，那就是为什么今天我们会相聚在这里。因为我们都是文学的使者，或者说仆人。我感到很骄傲，也很幸运，是这其中的一员。我既写作，也从事文学翻译，我翻译过美国作家詹姆斯·索特、保罗·奥斯特和加拿大诗人莱昂纳德·科恩的作品。我越来越意识到，不管是写作还是翻译，不管是诗歌还是小说，不管我们使用何种语言，在某种意义上，我们都在做同样一件事，那就是竭力展现人类最深层、最本质，因而也是最共同而普遍的心灵图案。所以，即使我们来自世界的各个角落，即使我们的生活，着装和饮食习惯各不相同，甚至我们对很多事情的看法也大相径庭——比如在如何瓜分月球的问题上——但我们却都毫不犹豫地一致同意：托尔斯泰是伟大的作家，《安娜·卡列尼娜》是伟大的小说。这是多么美妙而奇妙的事情。正如另一位伟大的作家，诗人阿多尼斯先生——他今天恰好也在这里——的那首名作，《我的孤独是一座花园》里所写的：世界让我遍体鳞伤，但伤口长出的却是翅膀。是什么让伤口长出翅膀？是文学和爱——也许它们原本就是同一样东西。

谢谢大家。

Lu Xun
Academy of
Literature

*International
Writing Program*

第三届国际写作计划开幕式

暨作品朗诵会

International Writing Program 2018

朗诵会篇目

❶ |小说| **一名警卫的简述** | 克里斯托斯 · 克里索波洛斯

❷ |诗歌| **于空气中混乱** | 塔卢拉 · 弗洛雷斯 · 普列托

❸ |小说| **一捧沙子（节选）** | 马瑞科 · 可塞克

❹ |小说| **多事之秋（节选）** | 卡雅 · 阿达维

❺ |小说| **大型生物（节选）** | 加布里埃 · 迪 · 弗朗左

❻ |小说| **居住的山谷** | 杰妮娅 · 兰碧堤

Christos Chryssopoulos

克里斯托斯·克里索波洛斯

| 希腊 |

一名警卫的简述

选自小说《轰炸帕特农神庙》

Fiction

自发主动，毫不迟疑，但说话的方式故作恭顺，语气不太自然，仿佛在谈论某位重要人物。

我能说什么呢？实在难以言表。这么多年……每天早晨，我都是第一个见到"它"的。我总是在黎明前就进去，检查所有的大门，打开游客名册。每天都会有大量游客前来参观。

他蓦地闭口，接着又以浮夸的口吻从头开始叙述。

那是一个夏天，这地方人满为患。你从监视屏幕中根本无法辨别每个人的脸。人群太密集了，摄像头扫描到的是一群难以区分、人潮涌动的游客。高温令人难以忍受。我在办公室前面坚持了一会儿，发现很难集中精力工作。我的思绪一直飘忽不定。嘈杂声令人难以承受；游客的脚步声和谈话声制造出一种持续不断而又模糊难辨的咕哝低语，这种低语没有强度上的节奏变化，只有一种单一、乏味、可怕的音符持续了好几个小时。而且游客们还会向上攀登，络绎不绝，永无止境。

到了中午，疲劳、烈日和恼人的高温让所有人都昏昏欲睡。

可是，就在那天，我听到了"它"的召唤，在人群持续不断的喃喃声中显得格外清晰，超越了其他所有的声音和喧嚣。我感到震惊，我的第一反应是双手捧起头，然后用尽浑身力气揉搓脸颊。我确信这又是我的心灵在作祟了。正午的时光总是令人煎熬不堪。我将汗水浸湿的双肩靠在墙角，闭上了双眼。我听到"它"穿过墙壁，朝我窃窃私语，就像犯人们通过一间间牢房传话一样。千真万确，我真的听到了。我环顾四周，没人注意到有事情发生。我将目光转移到监视屏幕上，也没发现什么特别之处，依然是川流不息的人群。

然而，我仍然能感觉到"它"的存在。我走到主干道上，在人群中停下脚步。环顾四周，全是陌生而冷漠的面孔，从我身边径直掠过。"它"仍在召唤我，越来越分明，但不是通过言语，"它"的思想仿佛能直接召唤我。我左顾右盼，但仍然无法确认声音的来源。它似乎出自其中一位游客的口中，抑或是山脚下城市里的某栋建筑，或者来自某条街道，抑或穿过某条树枝。也有可能是石头或太阳在讲话，或者是云朵。空气中仿佛回荡着朗诵同一篇祷文的声音。我感觉整座城市都在同我说话。

我闭上双眼，集中所有精力。我得弄清楚"它"是怎样和我交流的，是通过直觉，还是某个神秘的磁场，或者是鲜为人知的另一种力量？"它"真是我所听到的，在城市的顶峰召唤我，还是我的想象编织了那场梦魇？紧接着，一切戛然而止，好像所有的声音突然被关掉，一个活人的声音都听不到了。

游客们好像离开了地面，在空中飘荡。他们沉重的呼吸变得缓慢，仿佛一阵静默的空气吹凉了他们的脸颊。他们不再讲话，身上的衣服轻缓而疲倦地波动起伏，就像深海中的鱼鳍一样。一切都变得如此透明，如此清澈。"它"陷入了沉默，而"它"的沉默让整座城市变得寂静无声。

天晓得到底发生了什么！

突然，一切都结束了。就像现实抽离了片刻之后重新归来一般，那些高亢响亮、震耳欲聋的声音，踩作一团的无数只脚发出的嘈杂声，衣袖彼此摩擦的声音，还有高温和难以忍受的烈日，又能感受到了。

如今我明白了，"它"当时要求我做的是现身，就在那紧要关头，出现在山上那块岩石上。也许在那天某件空前绝后的事情得以避免了，或者在那一时刻某件令人讨厌的事情被设定了。但就在那时，就那一次，我敢肯定"它"召唤我了，但我没能回应"它"。

停顿片刻后，他继续往下讲，但语速变得更慢，语气也更加戏剧性。

我还有什么可说的？灾难发生后的第二天我登上山，简直不敢相信自己的眼睛。几百年来，"它"一直矗立在那儿，你会觉得"它"已经拥有了自己的一片天空。可是如今，在"它"曾经矗立的地方，只剩下无限宽广的地平线。

我跨过那道被摧毁的铁栅栏。怎么会发生这样的事呢？我能用什么词去描绘我看到的景象呢？周围全是一片焦土。地上满是泥泞，大理石碎片散落一地。我沿着小路向顶峰走去，每走一步我都感觉心跳快要停止。顶峰上一块石头都没有了。

一切都变得乱七八糟了。地面覆盖了一层薄薄的灰尘，废墟中燃烧着微弱的余烬。我越靠近，就越难跨过这条小路：目光所及之处，都是崩塌的建筑残片。我很难述说当时的情景。所有建筑都倒塌了。在"它"曾经矗立的地方，你能看到的只有天空了。这片天空以它宽广、浩瀚和冷酷无情的姿态第一次展现在我面前。

到处都是破碎的大理石。混乱令人难以忍受。这将成为一道创伤。

Poetry

Tallulah Flores Prieto

塔卢拉·弗洛雷斯·普列托
| 哥伦比亚 |

于空气中混乱

Poetry

日近中午
时间滑过
她捧着书
在这个时候
所有邻居午睡的时候
想
计划重读几行书
做决定时似乎信心不足
望着窗外

身后
远处，树枝掩映
天空毫不费力地将自己托起
被树枝遮掩、也任树枝描绘
她缓缓垂下头
一次又一次
起风了
逗留片刻
树又恢复了原来的模样

Marinko Koscec

马瑞科·可塞克

|克罗地亚|

一捧沙子
（节选）

Fiction

又开始下雪了；黑夜从连绵的大雪中寻得一丝喘息的机会，带我进入一成不变的黑暗，雪一定是在这时下起来的。听不到雪的声音，但是可以隔着窗子感觉到。街上的噪声比以往轻柔了些，仿佛隔了一层棉花。第一辆公交在五点一刻准时出现，吱吱嘎嘎地开过来。路边两个冻僵的人，尽管喝了酒，但仍然抱在一起，试图保持体温。两人搭上公交，公交车隆隆地响着，仿佛对眼前这点人间友爱不屑一顾，随即怨声载道地开往维多利亚大街。五点半的时候垃圾桶都清空了。一辆扫雪机驶过，把雪片堆在路边，以便一会儿用卡车装走。慢慢地，车子越来越多，终于堵满了通往中心贫民区的四条车道，就像巨大的蜂群，急于尝尝毒药的滋味；不断嗡嗡着，几近午夜才逐渐消停。一起的还有飞机发出的轰鸣，每十五分钟起降一次；飞机近在咫尺，连航线的名字都看得到，那些名字一个比一个奇异。

雪没日没夜地下。可能有一两个小时停下来，之后又开始飘雪，寂静无声，湮没一切，只有少许机会让你感受一丝阳光，提醒你太阳还存在于这个世界。人们说从没见过像这样的寒冬；温度升到零下十五度就想穿短袖出门。我还没见过加拿大的土地是什么样子，不知在雪的包裹下，他们是怎么在土地上想象出地图的轮廓的。湖水也冻得结结实实；上周末我坐公交到雷德河去，沿河步行，但是要多亏那些野鹅我才能感受到藏在单调的白色之下的河水。这些鹅从河的一端挪到另一端，要么是思维惯性使然，要么就是想不出还有什么别的地方可去。而且你也感受不到任何味道，因为气味都被冰层囚禁了，一切都是白色的，乏味而沉默，好像身处太平间，连人带鹅一起等着做尸检。

每天早晨我都在五点醒来。心中一悸，之后能做的就是在黑暗中面对同样痛苦的思绪；只要我一清醒，这些想法就都浮现出来。几个月里我工作忙碌，这些思绪好歹有些许收敛，但对我的折磨却一刻未曾停止，仿佛将我踩在脚下，让我抓心挠肝，粉身碎骨。然而，来到加拿大之后，一切都有了改善。我的身体变得僵硬麻木；被人捅一刀都能笑出声。当然了，那没什么好笑的，但为什么不笑呢，当然要笑。为什么不来杯啤酒，讲上一两个脏笑话，坐坐地铁，烤烤香肠，去个博物馆或者脱衣舞夜总会呢。我无意中提到自己正好在三十三年前的同一天出生，杰里米听到后建议我庆祝一下生日。"好啊！"我说道。他那样提议无疑是想让我高兴，而我也不想扫他的兴。我感觉他还从没见过裸体女人，更不要说摸了。这无疑让他的气场更加神秘。

我在厨房桌子上写东西的时候，杰里米躺在他的房间里，一动不动，像一具木乃伊，两米长的身躯死气沉沉。离他的闹钟响起还有十五分钟。周末的话，他会一直躺到中午。我不确定是什么让他看上去像个神秘人，但是也找不到其他词来形容他身上散发出的和谐气息，也无法形容他那种独特的实现心平气和、完满丰盛的感觉。他那巨大的身躯，除了壮硕的骨架就是肌肉，还有齐腰长的浅色马尾辫，像瘫痪了一样躺在那里，第一眼看到时，会让你觉得难过，因为目睹一棵老橡树的倒掉终究比看到普通的李子树倒地更令人伤心。但是，伤心是没有必要的；他完全能够接纳自己，无论是在家还是在公司，他都对别人的目光报以微笑。我一次也没见过他生气，或是听到他大声嚷嚷。他用手提气锤拆墙，尽职尽责的样子自得其乐，就好像这样能让他进入极乐世界一样。早餐时，他边搅边煮麦片粥，直到煮好，之后每喝一勺都若有所思的样子。回答他人的问题时，他态度温和，自己从来不问别人什么。我也不问别人问题；他可能再也找不到比我更合适的室友了。我不带外人来家，也不吵闹，实际上我就没什么动静，但毫无疑问，我在这里，至少人在。而且，他以低调的方式让我知道他对此心知肚明，并且表示欣赏。

12月29号，周六：我们用煎锅做了汉堡和薯片。薯片是半成品，还送了小袋番茄酱。之后我们坐上杰里米吱嘎作响的雪佛兰到温尼伯来一场夜游，穿过机场附近的杂居区。杂居区是一栋十五层的高楼，迷宫般错综复杂，在里面租住可以享受补贴。我们穿过路边的铝制巨兽组成的通道，或者不如说是由它们的轮廓组成的通道，这些轮廓在霓虹光晕和厚厚的烟柱下逐渐隐去身形。之后穿过冰封的荒地，最后来到一个低矮的小木屋。木屋外面挂着写有"裸体酒馆"的牌子，里面装饰着一串串闪闪发光的小灯泡，为了迎接新年。杰里米和我就在这里庆祝我的生日。我们轮流请对方喝啤酒。他先请了我一轮，之后是我请他，之后再互相请。每次我们都说干杯，交换一下意味深长的眼神，除此之外大部分时间都沉默不语。他向舞台看去，但他的表情让你想到的却是一只小鹿在潺潺的山涧饮水的模样。舞女们表演着她们的动作，或者独舞，或者几人共舞，与钢管亲密接触，要么彼此纠缠，使尽浑身解数展示看家本领。舞曲间歇，他对着我的耳朵说了些什么，但音乐太吵，而我又太累了。回去的路上他又说道，这次喝得挺爽，我表示同意。

Katya Geraldine Adaui Sicheri

卡雅·阿达维
|秘鲁|

多事之秋
（节选）

Fiction

意想不到的是，我们竟然在圣诞节前夕幸存下来。

当我到达公寓时，马里亚诺正在玩弄他的礼物——一个大型的电池供电汽车，可以容纳下他整个身躯。红色的帽子滑落在前额，遮住了他的眉毛。他正玩得大汗淋漓。而此刻外面烟火硕然绽放，震耳欲聋，令人感到遥不可及；灯光闪烁，而后又熄灭，好似花了很多功夫来发出光芒。所有这些都成为了派对的一部分。姐夫以拥抱的方式和我打了招呼，之后姐姐说道："你才刚到这里。"我递给了她我为海滩带来的东西。他们用三个炖锅分别加热了火鸡、苹果泥和肉拌饭，并将食物放置在带金边的盘子上。整个餐桌因食物而看起来十分诱人。

"不错。"姐夫说道。

"嗯。"姐姐回应道。果泥里竟然有葡萄干和核桃。她一直咀嚼着，用一只手捂住嘴巴说道，"超市每天都在给我惊喜。"自从他们在四年前购买了公寓并搬迁后，客厅的核心部件就成了在廉价海滩餐厅里的塑料桌子之一。今晚，他们第一次盖上了桌布。桌布上的图案描绘了一个无尽的极地冬夜：这是斯堪的纳维亚的一处圣诞景观，这里气温至少低于零下三十摄氏度，山坡上有木制房屋，紧贴着悬崖。

一吃完饭，姐姐和姐夫便起身去洗碗。

"不是今晚。"我说道。

他们待在客厅里。马里亚诺蹲在地上，俯身接近汽车，并试图用双手触碰踩踏板。"事情进展如何？"姐姐问道。我告诉他们自己下午的经历——只是说了一些大致情况，并没有涉及到个人。姐姐偶尔会冒一句"好的"。因为没有人回应，我也沉默不语。姐姐和姐夫在地板上睡着了。睡在我母亲的地毯上。他们看起来精疲力尽。午夜时分，我看了看车里的马里亚诺，和他打了个招呼。我摘掉他的帽子，扔到了房间里。已经压扁的卷发盖住了他的前额。他看起来很放松。烟火一个接着一个，硕然绽放，令人心情愉悦。姐姐和姐夫轻轻地挪动了身体，但未被吵醒。我想，一个孩子确实会让家长们感到精疲力尽。我们按下了汽车仪表板上的所有按钮，为了倒车，我们设法打开，关闭然后又一次打开灯光和歌曲。我们放声大笑，以惊人的速度往后倒退。我第一次听到他咯咯咯的笑声：他现在已经有两颗下颌牙，尽管仍然说不出一个字，但却能发出爽朗的笑声。

Fiction

Gabriele Di Fronzo

加布里埃·迪·弗朗左
|意大利|

大型生物
（节选）

Fiction

1

就我的经验来看，往往我们不想失去的东西会首先消失。因此，定期收拾房间，清理物品，丢掉原先的物品就变得很重要。只有这样，原本在第一开始就消失的东西才能永远成为自己的。

2

事情要从一只小猫咪说起。有一天，我把她抱在怀里整整一个小时，然后开始按照自己喜欢的方式去打理她。我希望我们之间建立一种信任。但是几个月后的一天，因为一个错误，我永远地失去了这个小生灵。这只小猫似乎拒绝承认自己只是一只新生的小猫咪，表现得像只庞大生物一般。物件越小，越容易出错。动物越年轻，生命越脆弱。

她舔了一只蜗牛，中了毒，之后吃的食物都卡在了喉咙里。毒液使她无法正常进食，最终夺去了她的生命。

这只猫是朋友送我的。他察觉到我对猫有着独特的兴趣。这个全身长满雪白毛发上镶嵌着粉红色的鼻子、黄色的眼睛的小家伙一下就被我认了出来。我很感激朋友，是他将我的兴趣之门打开——如果这只小猫从未出现过，我的思想也不会得到升华。

猫咪去世后，我用棉花将她的鼻子、嘴巴和肛门都塞住，用解剖刀顺着胃部垂直切入了腹部。我能感觉到自己的双手因害怕而颤抖，我不由得想起来以前曾读到过，如果解剖时太用力，会伤了猫咪的肉体。于是在接下来的过程中，我渐渐慢下来。我放下解剖刀，任由它从手中滑落。

然后，我开始清理猫咪，用我的指甲和刮刀小心地去除她身上的毛发。有时急了，我也会从她的四肢上直接去拔毛，尤其是骨盆的部分。对猫尾巴的部分，我像用脱掉乳胶手套一样去处理她的尾巴。将整个剥皮之后，我在她的身上撒了一层灰使肉变干。

我仍不习惯从动物标本中移除脑子——我是被委托这样去做。这一步是最让我紧张的。每次想到这一步我都会紧皱眉头。我必须借用一个管子，穿过动物鼻腔去做。我希望对这一步的恐惧能够最终消失。

我会把解剖的动物放置成一个蹲着的姿势，嘴巴轻轻扒开但不露牙齿，耳朵也在恰到好处的位置。

3

我叫弗朗西斯科·科伦那夫，是一名动物标本剥制师。我塞动物的原因各不相同。从业十年来，我一直认为一只死去且被塞住的狗，是比仓鼠还要好的陪伴。

剥皮的过程中要用到棉花，要去除内脏，要把肌肉重组，里外重新缝制。这些过程对猫十分重要，不亚于她活着时的喂食习惯，清理她的便盘和对她的抚摸。

4

考虑方方面面的原因，我想不出来还有谁比我更钟情动物。

Fiction

Ginevra Lamberti

杰妮娅·兰碧堤

│意大利│

居住的山谷

选自小说《问题所在》

Fiction

1. 山谷

今天我起床后，打开门，离开了房子。房子外面是一片山谷，这就是我居住的地方。这片山谷存在天然的缺陷，它会让人感到无聊透顶，但除此之外，它是一个非常美丽舒适的地方。我久久地欣赏着周围的全景，然后决定要重新集中精力学习，重新评估我的计划和需要优先处理的事项，最后，我要恣意地叫板这个世界，希望它会匆匆赶来送我一些甜头。而目前的情况是，我们还有十九天就会迎来圣诞节，二十五天之后就是新年，再往后几天是期末考试，我的大学考试当初没有考完，自从我度过异常舒适的两年半之后，这个考试就一直等着我。相比其他任何事情，最让我烦心的是，被丢在这片山谷让我感到非常无聊。

但是总体而言，除了因抑郁症的隔离自然意味着我为自己想出各种各样的医疗问题之外，实际上我过得挺好。昨天我在日记里写道，当我死了，我希望被火葬，为了防止悲剧发生，我还记下了我的用户名和密码，以便我至爱的人和亲戚在整理我的遗物时，会对他们有所帮助。为了将来无需重申，我还会列出死后的其他要求事项：

在我的葬礼上，我希望每个人都穿鲜艳的衣服。

任何人都不许穿淡色衣服来。

如果你出版我的日记（毕竟谁不想呢？），但却不懂任何熟练的编辑工作，只想着将我包装得比真实的我更聪明的话，我保证我的鬼魂会纠缠你，并对你的身体做出一些可怕的事。

说到我的死亡和死后的葬礼，值得一提的是，有一天，我正在看 RAI-3 电视台的一档深夜特别节目，从这档节目中我发现了另外一种埋葬方式。这种新方式是你将会以一种如同胎儿的姿势埋入一枚可生物降解的卵中，而这个过程会为一棵树的生长提供所需的营养。在那之后我又发现了另外一种方式，可以将人的尸体变成钻石。我仍旧是在 RAI-3 电视台的另一档深夜特别节目中看到的，如果我没记错的话，它是紧接着一部关于火山的德国纪录片播放的。在这档深夜特别节目中，一位男士戴的一枚戒指里嵌入了他祖母的一部分骨灰，他的祖母生前极富魅力，死后被镶进珠宝里，想必她一定会充满感激。这位男士还说，他想传给他女儿一条装饰着她所有亲人的项链，这样她将永远和那些亲人连接在一起。

昨天是非常美好的一天，实际上我起床后试着督促自己学习，但最终我去见万达了。万达是一位给湖里的一群天鹅喂过期面包的女士（目前我们经常谈论这群天鹅和这片湖）。我总喜欢去找万达，一方面因为她经常穿人造豹纹衣服，另一方面因为她有一件非常引以为傲的路德圣母石雕像，但最主要的还是因为她会给我做布丁。在万达那儿吃了布丁后，我回到家，盯着墙壁发呆。已是入夜时分，我坐下来一边喝着来自萨罗诺的阿玛雷托酒，一边追了十二集电视剧《迷失》。今天也是美好的一天，但我已完全忘了我身在何处。我在我居住的这片山谷里，于是我起床，打开门，离开家，然后久久地凝视周围。

我居住的山谷位于特雷维索省的北部。那里有一片人工湖，专门为水电站提供动力，周围是一片森林，森林里有许多树，树丛中有许多架线塔，架线塔上生长着许多藤蔓。

曾经有人看着这片湖说,很久以前这里是乡村。如今,这些人正在死去,虽然过程缓慢,但却保持着连贯性,一切似乎都暗示着,他们迟早将被新一批老人取代,而新一批的老人会望着这条主干道说,很久以前这里都是搭便车的。这里有上世纪 90 年代初期修建的高架桥,还有一座中世纪修建的老式塔楼。死去的人被埋葬在山上安息,想自杀的人也有合适的选择,有些人将自己沉入湖底,另一些人则从高架桥一跃而下。那片湖中,除了偶尔出现尸体外,还有一对天鹅。雄天鹅的处境一直很艰难。第一只被枪杀了,第二只被砍头了。后来人们又带来了一只,比前两只蠢,还断了一只翅膀。如今它依旧安然地待在湖里,经常与雌天鹅交配,营造出很多浪漫的氛围。

我之前说今天是美好的一天,事实的确如此,尽管天气很冷。这里的天气一直很冷。我得说明一下,我家里没有暖气,从来没人安装,似乎也没人觉得有这个必要。另外,在所有人的记忆里,我们的厨房只有冰水,这是祖母的要求。也许是我错了,但我认为事情的真相是我的身体里拥有某个人的基因,有一天这个人决定打电话给水电工,叫他过来切断热水管道,仅仅是因为这样没人会浪费水了,这个真相将在未来的某一天给我带来麻烦。

2

中外作家第一次研讨会
意义的转换与生成：
跨越文化的文学沟通

International Writing Program

意义的转换与生成：
跨文化的文学沟通

中外作家交流研讨会

International Writing Program 2018

时　间 − 2018 年 9 月 25 日（下午）
地　点 − 中国社会科学院外国文学研究所
主持人 − 程　巍（中国社会科学院外国文学所副所长、学者）

中方出席嘉宾

陈众议	中国社会科学院外国文学研究所所长、学者
程 巍	中国社会科学院外国文学研究所副所长、学者
薛庆国	北京外国语大学教授
乔修峰	中国社会科学院外国文学研究所学者
李 征	中国社会科学院外国文学研究所学者

外方出席嘉宾

阿多尼斯 Adonis	叙利亚诗人、思想家、文学理论家
克里斯托斯·克里索波洛斯 Christos Chryssopoulos	希腊小说家、诗人
加布里埃·迪·弗朗左 Gabriele Di Fronzo	意大利小说家
杰妮娅·兰碧堤 Ginevra Lamberti	意大利小说家
杰夫·惠勒 Jeffrey Michael Wheeler	美国畅销书作家
卡雅·阿达维 Katya Geraldine Adaui Sicheri	秘鲁小说家、编剧、摄影师
马瑞科·可塞克 Marinko Koscec	克罗地亚小说家
塔卢拉·弗洛雷斯·普列托 Tallulah Flores Prieto	哥伦比亚诗人

中外作家第一次研讨会
意义的转换与生成：跨越文化的文学沟通

时　间：2018 年 9 月 25 日（下午）
地　点：中国社会科学院外国文学研究所
主持人：程　巍（中国社会科学院外国文学所副所长、学者）

程巍 > 欢迎各位专家来到中国社科院外文所。

我先介绍一下来宾，他们分别是：阿拉伯诗人、思想家、文学理论家阿多尼斯，希腊小说家、诗人克里斯托斯·克里索波洛斯，意大利小说家加布里埃·迪·弗朗左，意大利小说家杰妮娅·兰碧堤，美国畅销书作家杰夫·惠勒，秘鲁小说家、编剧、摄影师卡雅·阿达维，克罗地亚小说家马瑞科·可塞克，哥伦比亚诗人塔卢拉·弗洛雷斯·普列托。欢迎大家！

下面我向各位介绍一下外文所出席研讨会的几位专家：中国社会科学院外国文学研究所所长、学者陈众议，北京外国语大学教授薛庆国，中国社会科学院外国文学研究所学者乔修峰，中国社会科学院外国文学研究所学者李征。我叫程巍，在外文所研究英国文学。

我们今天的会议不仅包括作家之间的谈话，更包含作家与学者之间的谈话，今天参加会议的有西班牙语、英语、阿拉伯语、法语学者，我们可以就一些文学问题进行充分讨论。今天的主题是"跨越文化的文学沟通"，马瑞科·可塞克和卡雅·阿达维提供了发言稿。

我们首先有请卡雅·阿达维，先就你文学创作的体验以及在不同的文化之间的交流、体会进行发言，为我们今天的研讨会开一个头。

程巍

中国社会科学院
外国文学研究所
副所长、学者

卡雅·阿达维 > 我发言的题目是《图斯坎融合》。

一个国家的历史，往往是一部迁徙史。比如秘鲁，其总人口的百分之十五具有中国血统。华族迁移秘鲁，始于拉蒙·卡斯蒂利亚

总统于 1854 年宣布废除非洲裔秘鲁人的奴役之前几年。十万名中国移民抵达秘鲁，为棉花和甘蔗种植园，鸟粪工业以及在 1849 年到 1874 年之间兴建的中央铁路提供劳动力。许多人抵达秘鲁都签了合同，而合同规定的条款苛刻，他们受到了虐待。

如今，他们与秘鲁的关系改善了，他们不再受到压迫。相反，这是一个动态的过程，不会消除差异，反而可以突出中国优势，及其文化可塑性。这些中国工人的后代构成了拉丁美洲最大的华人社区。他们称自己为图斯坎（Tusan），这是一个奇怪的词，因为它只存在于秘鲁。这个自称不乏自豪感。

中国对世界的首要贡献是美食和教育：齐法（chifas）是一家中国食品的餐馆，在整个秘鲁很受欢迎。在两个共享千年历史的国家之间，只有一个词可以概括这次遭遇的精妙力量：融合。

秘鲁拥有美洲第一所秘鲁—中国学校，它的名字是 Diez de Octubre（十月学校），成立于 1924 年。这个名字让人回想起 1911 年政治家孙中山领导的反清起义。在我童年时代，我家距离那所学校只有几个街区。学校的围墙上，人们可以读到孔子最伟大的一句话：如果我不能成为圣徒，我至少应该尝试做到明智。

我今天的主题还是文学。我会谈到三位作家的写作。其中两人出生在秘鲁，有中国血统，另一人选择秘鲁作为自己的家园。胡里奥·威兰诺瓦·张（Julio Villanueva Chang）是一位受人尊敬的编年史家，他是一个编年史、人物介绍和小品文杂志的创始人，这家杂志名为《黑色品牌》（Etiqueta Negra）（西班牙语为 "Black Label"），在国际上享有盛名。开张以来，许多作家都在其中发表过文章，其中不乏名家如马里奥·瓦尔加斯·略萨（Mario Vargas Llosa）、约

卡雅·阿达维

Katya Geraldine Adaui Sicheri

秘鲁小说家
编剧、摄影师

翰·李·安德森（John Lee Anderson）、苏珊·奥尔琳（Susan Orlean）和奥利弗·萨克斯（Oliver Sacks）。

胡里奥勤于笔耕，但最重要的是，他善于倾听。一连好几年，他想更多地了解自己的中国祖父，对此他知之不多，也从未见过他。他的名字是张桐（Chang Ton），出生于中国广东中山，一个书法家、厨师兼管理员。在接受采访时，胡里奥说："我的祖父是一个奇怪的中国人，因为他很好地吸收了秘鲁文化，他可以伴随着典型的秘鲁华尔兹（vals criollo）发出餐勺的声音。"当胡里奥前往北京时，他终于可以更多地了解他祖父的过去，从而了解自己的前生今世。

胡里奥、朱丽叶·王·康姆特（Julia Wong Kcomt）和萧康文（Siu Kam Wen），三位秘鲁作家的写作主题都涉及到跨文化和种族离散问题。他们都有丰富的世界旅行体验，他们的作品试图解释同化，寻找表征和身份的跨文化过程。他们试图揭示离散，记忆和忘记的奥秘。他们从边缘化角度写作，写作成了一种抵抗的方式。他们书中的人物都有一种外来移民特有的敏感性，他们会问自己：我如何理解我作为外来移民这一事实？我如何接受这种遗产？我是否可以被看作是一个从生活中学到一些东西的作家，而不仅仅是从异国情调和古怪的角度来看？

朱丽叶·王·康姆特也是一个图斯坎。她是一位小说家、诗人和文化代理人，1965 年出生于特鲁希略省的企盼市（Chepén）。她的中国祖父母来到秘鲁北部，在甘蔗种植园做苦工。朱丽叶在她的故乡发起诗歌节日活动。

在她的一部名为《家庭照》（Bocetos para un cuadro de familia）的小说中，她的主人公，亚洲血统的玛丽亚·因斯（María Inés）是一位沉默的女性，她继承了自己父亲的沉默。在她所爱的叔叔去世后，她必须回到秘鲁北部的家庭住宅。在那里，她回忆起已经失传的一个传自中国的家族血统的仪式和秘密，这个仪式渴望获得一种身份，回到永远不可能回去的开始。作家本人和自己的先人之间已经产生了距离和不理解。

现在再来说说萧康文。他 1951 年出生于中国中山，八岁时移居秘鲁，生活了二十五年，在秘鲁他是一位受人崇拜的作家。他曾在秘鲁—中国学校 Diez de Octubre 学习。他有一个严格的父亲，青春期因其出身而遭受歧视，并且必须学习功夫来护身。

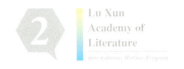

他后来移居美国，因为他在秘鲁无法找到工作。虽然他现在住在夏威夷，但他只用西班牙语写作。他经历了双重隔阂，但他以这种方式拥抱他的差异："作为一名作家，我觉得自己是秘鲁人，因为我用这个国家的语言写作，在秘鲁度过少年时代，大学求学，我对秘鲁还是有难以割舍的感情。我写的所有内容，除了一些例外，都与秘鲁有关。我觉得自己是秘鲁作家。我不觉得自己是中国作家，在中国没有人知道我，而且我不是用中文写作。而且我不像那些出生在中国并且开始用英语写作的作家。他们认为自己是中国北美作家。"

萧也说，如果没有他受到歧视时遭受的创伤，他就没有材料可写。众所周知，每个作家都有自己的创伤，而这种创伤就是他写作的灵感和素材。

这三位具有中国血统的作家都找到了他们与母体文化和融入文化的融合点：文化之间的相互作用，知识的非殖民化，拥抱自身多样性，反叛扩张，西方与东方之间现代性的建构，以及拒绝各种形式的权力。

文学如何表达人生？这三位作家在一点上一如既往，坚持不懈。（黄少政 译）

程巍 ＞非常感谢卡雅·阿达维。您的发言触及了一个很有意思的话题：晚清也就是 19 世纪末的中国移民。下面我们先请马瑞科·可塞克发言，然后再讨论这个重要的问题，您刚才有一个很好的词叫做"移民的敏感性"，这牵涉到跨文化的作家在其中受到的创伤，这将会成为一个很好的讨论点。

现在我们有请马瑞科·可塞克发言。

马瑞科·可塞克 ＞我们生活的世界日复一日，正在成为一个规模越来越小的村庄。年复一年，我们的电脑运行速度和火车的运行速度更快了，我们的电话更智能化，我们拥有更多的跨越障碍

马瑞科·可塞克

Marinko Koscec
克罗地亚小说家

进行沟通的桥梁和信息渠道，但与此同时，留给自己反思的时间更少，特别是为生存我们天天忙得团团转。很久以前，也许在我们记忆之前，文学曾经用于助人反思。文学提供了躲避现实、追求旷达精神自由的可能性。我们希望作家能够解释我们是谁，为什么这样做而不是那样做，至少文学要告诉我们如何成了今天的我们，提供一种有深度的见解、观点和愿景。如今，人类的心灵执迷于各种琐细的生存需求，完全不知情致的滋润旷达为何物，我们的物质生活似乎也有一套自己的逻辑，不知何故，我们的精神世界平庸至此，以至于说出这一点，旁人脸上都现出一副讶异不解的神情。

如果我们回溯到亚里士多德或儒家时代，文学的使命就是为了追求崇高，彰显道德，通过阅读文学作品描写的恐惧，催人泪下的场景获得宣泄，净化精神，从而维护社会公序良俗。文学是人类将现在与过去联系在一起的愿望的主要工具，也是建立和拥抱主要来自诸如国家或民族文化等集体范畴的身份的主要工具。不言而喻，在今天的文学圈——如果使用这个词不是太自命不凡——甚至将文学和使命放在同一个句子中，都会受人讪笑。

在我们全球化的世界中，边界在跨国资本的压力下以及个人迁移频率的加快中日渐消失，民族国家、民族文化乃至民族认同的概念经历了重新定义的过程。鉴于英语作为我们当时的通用语言的压倒性优势，文学很难保持其基于本土语言的文化差异带来的那些优点。任何一位非英语写作的作家，作品必须译成英文，已经成为现代作家必须跨越的卢比康之河，也就是说他或她参与全球市场的门票。相比之下，无法跨越语言障碍并进入"上帝选民"的俱乐部，即无法用英语传播自己创作的人，只能接受出局的命运。

与此同时，网络写作的不断增长的生产和重要性深刻地改变了我们的阅读习惯，和我们对书籍的感知，书籍不再享有类似印度神牛那样神圣不可侵犯的崇高地位，更有甚者，书籍作为认知的物理媒介，渐行消失。与此同时，考虑到我们周遭目迷五色驰骋畋猎的各种娱乐牵扯我们的心神，我们必须认识到，一本几十页的小书，别说几百页的一本厚书，对一个普通人而言就已经望而生畏，一块太大而无法吞咽的东西。总的来说，今天的文化产品比以往任何时候都更容易获取，但这一事实并不能保证这个产品会被合理领受。相反，出版渠道的民主化和不断增长的文化产出之间成正比，这一点的意义仍未被充分理解。

放眼全世界，虽然我们企图把我们的时代看作不仅是后现代、后殖民、后工业和后物质主义时代，而且还是后意识形态时代，其实，历史并未终结，意识形态的斗争从未消停。在国家层面上，企业边界的消失并不一定意味着文化更容易相互接近，而只是强势文化更容易将自己凌驾弱势文化之上。

此外，当下的文学以及非文学文本都试图聚焦身份问题，无论是个人、性别、地区、国家或其他。身份不再被普遍认为是我们继承并传递给下一代的稳定结构，而是一种复合、混合和随意的结构。我们目睹了当代主体破坏现有框架，消除所有分界线并向各种形式的他人开放的冲动。这就是为什么今天的艺术表现形式以及意义的所有创造都发生在跨文化的情境中。文学主题很少传达明确的民族叙事；通常，我们会发现他们在混合型离散型身份上挣扎。无法确定他们的立场，这些主题不能充当文化之间的调解者，因为他们总是引用后殖民文化理论家霍米·巴巴的话："既在这里，也在那里，无处不在，在下方，也在上方，在前方也在后方。"

为了构建自己，我们需要比较一些东西。身份在他者的眼中构成，也就是说通过差异构成。同样地，意义被创造出来，之所以有意义，与其反面，与所缺失的有关。我们对现象的理解取决于它们构成的外部性；换句话说，此现象之所有为此现象，就在于相对于彼现象而言。

然而，在全球化、后工业化和后意识形态的世界中，自我和异性之间的区别界限被混合和短暂的身份所模糊，我们借用并轻易地用另一种身份替代，而不是依附于永久身份。

关于这一点，我们必须正面理解与当代身份构成密切相关的两个概念。第一个概念，即跨文化性，这个概念源于殖民地历史语境，即来自少数群体或下属群体的努力，破坏和超越殖民者与殖民者之间的二元对立，他们取而代之的是更为温和，更加以交换为导向的关系。相互影响的相互作用，这是一种隐喻，近于镜中舞蹈的反射。

换句话说，期望的跨文化身份，意味着通过杂交，以主导范式的默不作声的崩坏，对殖民者进行微妙的抵抗，也就是说通过将外来元素插入目标文化——这些元素是局部的、特殊的、在政治或语法上不正确等等。这种干预措施会导致主体和社区的不连续性和矛盾心理。一方面，由于跨文化主体拒绝位于一个或另一个极点，它们被限制在中间的空间，注定要保持椭圆的空间、差异的范围、虚拟的空间，其中身份只能表现为尚未成为的东西，而这种东西永远都不会显形。另一方面，社区会把主体视为外人他者，因为他们和传统不合，他们的存在显示出颠覆性的潜力。

与此相反，跨文化的概念意味着建立明确的区分线并强调差异。确定个人、地区或国家身份的特殊性，跨文化关系寻求打开他们之间的空间，以促进交流。理想情形下——在这种情况下——自我不会丧失，而是通过其他主体提供的异性体验来丰富，这些主体同样意识到自己在某个社区中的嵌入性。

跨文化不依赖于主体融合或融交，而是依赖于会面点或交叉路径，这意味着身份或文化在相遇后会相互脱离。人们甚至可以争辩说，离开是这种遭遇的目标，因为双方都承认其对话性质。换句话说，跨文化交流并不否认或忽视文化之间现有的分歧和差距，也不认为它们是相互理解的障碍，而是将它们视为对巩固主体身份有潜在益处，因为它们提供了呈现他者或主体的非自我镜像。

为了从另一方的差异中受益，为了丰富自己，必须承认并接受他或她自己的身份，作为一种明显的，至少在某种程度上连贯一致的实体，来自某种传统和文化（无论是地区、国家还是超国家）。只有当主体意识到我们自己的特殊性，不可避免地从集体表征中扣除时，我们才能在所认可的差异基础上相遇、交换和重建。

从我们的具体情况来看，国际文学节目或研讨会就是这样一种场合，它能够促进和推动跨文化交流，即向其他人开放不同的文学和文化，从而超越现有的国界而不受质疑。正是通过阐明其性质，使差异可见，我们可以面对并比较不同的观点，从而打开一个多元文本，这个文本当中，他者受到欢迎和尊重。（黄少政 译）

程巍 > 谢谢马瑞科·可塞克的发言。在不同的文化中，在"移民的敏感性"中，我们会很明显发现"他者"的存在。如何和他者建立互相沟通的关系，对文学来说是非常重要的。刚才两位作家已经发言了，下面我们可以自由讨论。在这之前，我想邀请阿多尼斯先生谈谈。他一生大部分的时间都生活在阿拉伯，他是如何看待和处理在不同的文化交往中的焦虑？我想先请您就这个问题谈一下，然后大家进入自由发言。

阿多尼斯

Adonis

叙利亚诗人、思想家、文学理论家

阿多尼斯 > 作为一位诗人，我的谈话要把大家带到另外一片天地——诗歌的天地。诗歌可能更接近艺术，而不像小说那样更接近文学。写小说之前可能需要一些构思和计划，但是在写诗歌之前很难有计划，按照计划把诗歌写出来是不可能的。小说是一种表达身份的手段，是对已有身份的拒绝和对新身份的持续创造。诗歌是在创造中寻找新身份，而不是保持现有的身份，所以诗歌的意义就在于不停地寻找意义，这和小说很不一样。

程巍 > 谢谢阿多尼斯先生。下面我们有请陈众议先生发言。

陈众议

中国社会科学院
外国文学研究所
所长、学者

陈众议 > 欢迎各位作家到社科院来作客。中国人口很多，但很遗憾的是喜欢文学的人越来越少。三十年前我刚参加工作的时候，无论是国外来一位作家还是国内来一位作家，都是一件非常轰动的事情，走廊上人满为患。我很高兴看到这么多朋友。作为现在在座朋友中的"老人"——我是上世纪 50 年代后期出生的——我也很荣幸见证了很多重要作家和著名学者来到这里。今天在座的诸位，十年以后我们说起来的时候，也会提及你们曾经来过。马尔克斯来这里的时候还没有得奖，他是作为一个旅行者悄悄地来的，1980 年前后他匆匆忙忙地来。那时候很少有人知道他，1982 年以后他才被大家所熟知，所以我希望在座的各位来过这儿以后也会很幸运地获奖。

回到今天讨论的问题。我从三位外国作家朋友的发言中感受到了多声部讨论的愉悦，比如说卡雅·阿达维，我可以亲切地称她为老乡，因为我去过秘鲁好几次。我也去过哥伦比亚，秘鲁的华人很多，很多汉语词汇都已经融入了他们的西班牙语，广东话中很多的词汇都在他们那里作为日常用语，比如说"吃饭"在他们那里就是"chi fan"。她很乐观，认为不同的民族有着各自的表达，而这些表达是建立在相互理解的基础之上；马瑞科·可塞克先生比较悲观，他怀疑这种理解——即使有理解，也是通过英文迫使别人理解。我之所以赞同他的观点，是因为我们也越来越感觉到这种差异性表面上被淡化，但骨子里面越来越严重的现实。现在我们的世界非常恐怖，可以说是危机重重，比冷战的时候更可怕，我们都很担心；阿多尼斯先生则处在中间状态，他好像是在另外两人之间寻找了一种有点超然的姿态，关注怎样自我建构的问题。

非常感谢你们光临。

程巍 > 下面是自由发言时间。大家可以就今天的主题谈谈自己的感想，也可以另外开启一个题目，希望大家有充分交流。我们拥有不同的身份，或者说拥有不同的被建构的身份，大家会从别人的发言中得到启示。不同人在一起可以拓展胸怀，这也是关注他者存在的途径。所以，欢迎大家能够勇于挑战、提出自己的观点。

克里斯托斯·克里索波洛斯 > 感谢邀请。被称为"年轻的作家"我感到非常荣幸。听各位发言的时候，我在想，我们谈论的是跨文化交流。跨文化交流究竟发生在哪里？作为一名作家的同时，我也在大学教授写作，又是文化艺术领域的组织者。我在希腊意识到，无论什么时候我们都要处理两种语言之间的关系，如果说文学从一种语言到另一种语言需要经历翻译的过程，我们聚在一起的时候，便将不同语言汇聚在一起。我们有不同的谚语和不同的思考方式，我们不得不用一种中介语来交流。今天我们在一起开会，就需要一名翻译帮助我们沟通。我所说的翻译不仅是字面上的翻译，同时也是比喻。每一次意义的表达都会从一种文化出发，经过翻译在另一种文化中表达出来，我此刻的发言就被翻译成另外一种语言。说到文本的翻译，当一个文本被翻译为另外一种语言时，不同层级的意思将被重新调整、组合，即使不从语言学家的角度来看，对普通人来说，不同人对同一语言的理解也会有很大区别。我们作为读者的阅读也首先基于我们的身份，然后去重新构架一个文本。无论对于个体还是对于集体来说都是如此。谢谢。

克里斯托斯·克里索波洛斯

Christos Chryssopoulos
希腊小说家、诗人

程巍 > 下面请塔卢拉·弗洛雷斯·普列托发言。

塔卢拉·弗洛雷斯·普列托

Tallulah Flores Prieto

哥伦比亚诗人

> 我觉得诗歌的翻译和小说、故事等叙事性文本的翻译是有很大差别的。我们今天谈到了很多问题，关于诗歌，我的观点是：诗歌不是为了创造意义，而是为了表达。比如说，比喻的使用在诗歌和小说中完全不同。在诗歌中，比喻可能反映诗人的祖先、故土，比喻是从他所在的地理环境和历史中衍生出来的，诗人通过比喻创造一种全新的视角，因此我觉得翻译诗歌和翻译小说完全是不同的。

程巍 > 实际上，中国从现代开始就有对外国文学作品的大量翻译。很多作品在中国的译本多达几十种，比如《红与黑》有很多译本。对于这么多种译本，我们不是将其看作是那个国家的文学，而是看作中国文学的组成部分，这样，不同译本之间就形成了很好的张力关系。大家可能知道，在现代以前，中国的文人在写作的时候还是用类似于拉丁文的文言文，而我们现在使用的是白话文，与我们将外国作品翻译成自己的语言、然后对其进行改造有密切的关系。谈到现在通俗语和书面语的关系，我们经历了与欧洲文艺复兴时期废除拉丁语、民族语言兴起相类似的历程，而这个过程对我们来说才一百年的历史，所以翻译对于帮助形成我们自己的书面语言是非常关键的。在这一百多年里，我们国家经历了复杂的历史，当现在的作家回顾这一百多年历程的时候，很多人会表现出焦虑，他不知道从何处入手，这一百多年无论从语言还是从各种意识形态来看，变化都太剧烈了。虽然中国目前很多作家在写作，但是模仿的作品很多，这么多年的翻译也会导致我们自己的文学创作具有模仿性，对自己的探索还不是特别的深入。

大家可能会有更多的机会与中国当代作家交流，他们会向你们讲述很多故事，而今天我们以学者的身份出现在这里，与大家交流。下面我想邀请薛庆国先生谈谈。

薛庆国

北京外国语大学教授

薛庆国 > 今天的话题是"跨文化的文学沟通"，我就从阿拉伯文化和中国文化之间翻译的角度来谈谈我对这个话题的理解。我近二三十年里翻译了不少阿拉伯作家的文章。大概十年以前，我开始关注阿多尼斯先生的作品，也开始进行翻译。我发现阿多尼斯的所有作品，无论是诗歌还是散文总有一个非常明显的主题，就是在思考、反思阿拉伯文化、伊斯兰文化，以及在这样的文化压力之下如何寻找自己的身份，对自己身份提出质疑，等等，这些构成当时他全部作品的主题。当时我想，把阿多尼斯这样一位伟大而重要的诗人的诗作翻译成中文诗是非常有必要的。与此同时我又觉得，这样一位与阿拉伯文化有密切关系的人，在中国可能读者有限，中国的读者中会有关注阿拉伯文化的人，但不会是特别多。我们第一次翻译他诗集的时候，出版社做好了亏钱的准备，猜测读者会比较少。但是后来的实际情况与我们的设想完全不同，他的第一本诗集今年好像已经第三十五次重印了，销量将近二十万册。这个是所有人，包括我本人、阿多尼斯先生和出版社都没有想到的，可以说是外国诗歌在当代中国接受方面的一个小小的现象，也算是一个奇迹。

很多人问过我，我自己也在思考，为什么会出现这种现象？我想可能有很多原因，最重要的原因可能是他的作品体现了阿拉伯文化。阿拉伯文化是传统东方文化的典型，那种对落后、专制、封闭的弊端的批判让中国的读者有同感，这可能是一个很重要的原因。阿拉伯文化和中国文化在这些方面有相似的地方，都有很沉重的历史包袱，很复杂的历史和现实的关系，以及不同现实的政治语境，等等。阿拉伯的诗歌让中国读者感到更多的共鸣，这种共鸣比阿拉伯诗歌在西方读者的共鸣更大。

我认为阿多尼斯的诗歌到中国来是很有意义的，他带来了很大的正能量。我觉得中国文化主要还是建立在一个单词"yes"的基础之上，我们从小（也包括我们的孩子）就被教育听从老师、听从家长、服从"是"，而阿多尼斯的诗歌给我们带来了一个很清晰的"no"。不仅是"no"这个单词，与"no"相随而来的质疑、批判、反思、超越，我认为他的诗歌在汉语中也带来了一个新的深沉的意义，给中国文化、中国青年带来了很大的正能量。我们谈论跨文化，阿多尼斯的诗歌谈的都是阿拉伯文化，但是翻译到中国以后很多中国读者从中看到了中国文化。总而言之，他的作品通过跨文化的沟通产生了新的意义。

马瑞科·可塞克 > 刚才陈先生所说的三十年前每一位作家举行活动很轰动的盛况与当今状况的对比，听起来好像科幻小说的情节。我想说回到阿多尼斯先生作品中的"抗拒"以及他提出的一些观点，他提到诗歌与小说的区别，诗歌是对既有的身份进行抵抗，小说是为了遵循自己的身份。我觉得，诗歌与小说的区别更在于它们抗拒现代社会的机制是不同的，作为作家我们需要用抵抗来捍卫我们的存在意义，或者说，写作就是我们抗拒世界的方法，所以我想就陈先生的一些观点回应他：不要害怕这种差异，应该抗拒这种同一性，并加入区域民族和个体独特的色彩。

我想问程巍先生一个问题，您提到上世纪 60 年代的中国文学，60 年代中国文学与当今的中国文学有什么区别？

程巍 > 我说的并非上世纪 60 年代的中国文学，而是说我们很多人是 60 年代出生的，经历过 60 年代和那个时代出生的人，在当代中国文学中具有比较重要的地位。就 60 年代的中

国文学来说，文化革命不独属于中国，它是一种世界性的现象，我们知道，西方世界、拉丁美洲、日本都发生过这样的文化革命，如果我们不从意识形态加以评价，把它作为一个文化现象，60年代是非常国际化的，涉及到既地方又全球的运动。当时的中国革命对西方非常有启发作用，其中文学提出来的反抗的概念，使西方和其他国家的孩子们形成对既有的体制和传统的反抗。当时不仅是中国，还有古巴，这些领导人的形象本身就是一种反叛的形象，对于西方既定的传统的抵制和反叛，后来我们实际上是自我否定了。西方也一样。西方对60年代也进行某种程度上的反思和否定，60年代像一种无形的资产一样在全世界在流动，比如说法国还有很强的毛主义的色彩，当时毛泽东的语录出现在西方墙皮上面。但是在"文革"结束以后中国比较系统而大量地引入西方的思想，到现在为止中国引入了各种各样的思想，它们彼此之间形成了挑战。

我想请杰夫·惠勒说一下。他从因特尔辞职专事写作，我觉得他的经历会让别人感受到文学是非常有吸引力的。

杰夫·惠勒 > 刚才大家提到中国的文学读者数量在下降，美国也有同样的现象。每一年读者数量都在不断地减少，我也跟我的出版商讨论过。现在人们的精力被其他的东西占据着，小小的手机屏幕已经把大家的目光从文学身上吸引走了。这次来北京我感到很有意思，看到北京地铁上的孩子们都在玩手机，这与美国的孩子们如出一辙。所谓的科技文化已经在全球掀起了风潮。我有五个孩子，我有对待他们的方式，我教他们在玩手机之外开动大脑进行一些活动。去年我带我的孩子去了墨西哥，带他们去墨西哥的孤儿院玩，孤儿院的小孩子没有电子设备可用，他们做别的事情：踢足球、画画、

杰夫·惠勒

Jeffrey Michael Wheeler
美国畅销书作家

唱歌。很有意思的是，我的孩子们通过和墨西哥的孩子一块玩，慢慢地接受了他们的文化，不那么热衷于玩手机了。如果我们不以身作则、身体力行地向孩子们证明文学很重要的话，他们的未来会变成什么样子呢？

塔卢拉·弗洛雷斯·普列托 > 说到诗歌的不可翻译性问题，我认为诗歌内部有很多的矛盾是很难翻译出来的，很多时候翻译者不自觉地会成为创作者，所以我想问一下薛庆国先生，您在翻译阿多尼斯先生作品时有什么样的感悟？

薛庆国 > 自古以来就有诗歌不可译的说法，尽管如此，无论中国还是外国都还有人在翻译诗歌，所以我们是在做不可为的事情，而我们尽力而为。人们在翻译的过程中肯定会丢掉很多东西，尤其是音乐性，这在诗歌翻译中难免丢失。在我翻译的经验中，尤其在翻译一些音乐性较强的诗歌时，十首诗我翻译了三四首以后，如果不满意就不发表，因为这首诗意思虽然翻译出来了，但是缺乏节奏感和音乐感，它就没有办法变成一首优美的诗歌。当然，有时候翻译也可能产生新的意义，比如说阿多尼斯的诗和其他诗人的诗在翻译后产生了中国意蕴，汉语独有的词中蕴含的意象非常丰富，可以让中国的读者读出特别的意义，所以说翻译诗句的时候我们又收获了新的意义。

程巍 > 接下来还有两位意大利的作家。与中国一样，两个国度非常古老的文化在面对着新的收获。大家现在在北京二环，而我们向外走一百多公里就到达中国典型的农村，这里和那里是很不一样的。在北京，你会处在一种国际化的文化之中，大家晚上可以到后海去，在那里你会发现，那不是真正的中国风，而是为异国情调创造出来的国际性，当我们从二环走出去到三环、四环、五环、六环，然后到一百公里之外，你会发现那里是另外一片天地，我们自己会在同一个时间里进入不同的时代，会出现这样的错位。

杰妮娅·兰碧堤 > 我不是做翻译的，也没有翻译方面专业的经验，所以我很难来回答现在讨论的问题。我只能讲我经历的一些故事。我来自意大利比较独特的城市威尼斯，威尼斯近些年迎来了大量的中国游客，威尼斯也需要开始接触更多的文化和文学，所以未来我们需要提高意大利与中文双向翻译的质量。一般来说，我不是很乐观的人，但是我觉得翻译质量的提高是一定会发生的，而且这个速度可能比我们预想的要快。

杰妮娅·兰碧堤

Ginevra Lamberti
意大利小说家

程巍 > 实际上意大利很多的地名中国都在用，我们很多的楼盘都是用意大利的地名、法国的地名命名的，甚至在大连还有一条威尼斯街。

加布里埃·迪·弗朗左 > 由于和意大利一些著名出版商的关系比较好，我读了大量意大利作家的作品。意大利很少有中国作家的作品出版，所以其实我也想知道，中国现在最热门的当代作品都有什么？

加布里埃·迪·弗朗左

Gabriele Di Fronzo
意大利小说家

陈众议 > 莫言肯定是其中之一。他也是我们的朋友，经常来这儿，来很多次了。除了莫言之外我心目中有几位非常好的作家，一位是西安的贾平凹，他最近的作品非常好，讲一个农业社会怎样在一夜之间赚钱、转向与我们两三千年的生活方式完全不同的状态。另外一位很好的作家是山东的张炜，他最近几部小说都是关于清末民初。他把清末民初很多故事置于现在，你读的时候会感到仿佛是正在发生的，但实际上他明明写的是一百年前的事情。

卡雅·阿达维 > 去年有一位非常有名的韩国作家来秘鲁，他的作品先由韩语翻译成英文，然后再翻译成秘鲁西语，故事很有意思。您刚才推荐的几位作家都是男性，但是我们现在认为最有趣的作品大多来源于女性作家，像阿根廷、秘鲁、哥伦比亚都有很多优秀的女性作家，中国有什么值得推荐给秘鲁的女性作家呢？

陈众议 > 中国近二十多年女性作家可能至少撑起了半边天，与男性作家分庭抗礼。铁凝主席，上海的作协主席王安忆，黑龙江的作协主席迟子建，湖北的作协主席方方，江苏的作协主席范小青，都是非常好的女作家。

卡雅·阿达维 > 大家一说到秘鲁的作家，总是想到获得诺贝尔奖的这几位，其他人都鲜为人知，其实中国作品在秘鲁也是一样的。大家只知道莫言，这其实是个问题。必须要由翻译来解决这样的问题，而翻译总是比较困难的。

陈众议 > 你说的很在理，不过我们可能还是有逆差——美国人现在经常喜欢说逆差——我们在这方面可能有逆差，我们了解你们远远比你们了解我们多得多。

程巍 > 实际上我们研究所的女性学者占了一大半，比如说李征，她是从法国留学回来的，主要是研究法国的作品。

李征

中国社会科学院
外国文学研究所学者

李征 > 首先特别荣幸能够在这里结识各位学者、诗人、小说家。我想谈一个问题，可能和刚才说的不是同一个主题，因为就目前来讲，学界对跨文化的界定——文学与绘画，文学与音乐及其他艺术不同形式之间的不同关系的界定——也涵盖于其中。最早谈论图像与文学之间特殊关系的是赫拉斯，他在《诗艺》当中就谈到"诗如画"，后来狄德罗在 18 世纪就"诗如画"进一步展开思考，提出了关于语言及美学的特殊性的问题，他最早开创了文学与绘画的一种描述。但是文学与音乐、视觉艺术真正实现融合，还是浪漫主义者那里创立的，浪漫主义者将不同文艺形式进行融合的探索，正如伯格莱尔所说，各门艺术要互相补充、互相借助新的力量。每一种艺术需要艺术自己的语言、自己的表现形式，但是最终的目的超越了表面的差异而使得这种同一性显露出来。各自的特殊性之间产生的张力使不同艺术之间的对话更加富有活力，按照中国话说就是"他山之石，可以攻玉"。这一百多年来由音乐、视觉艺术和文学之间的互动产生的作品是非常多样丰富的，有的营造特殊气氛，有的作为一种线索来推动作品的发展，有的是塑造人物，还有的直接进入到作家的构思当中影响其作品的内在结构。

这方面在座的各位诗人、小说家肯定有更多的思考。比如说昆德拉所提出的艺术原则是来源于捷克音乐家，他的有些小说也明显地受到音乐思维的影响，中国的作家余华在随笔集《文学或者音乐》中谈到了音乐对他创作的影响，他先谈到巴多克使他更好地理解艺术本身的连接性和现代性之间的关系，还有像肖斯塔科维奇《第七交响曲》里面第一乐章让他重新感受到生的力量，在一个宏大的背景中一个短暂而安详小的乐段，余华说这样的布局更能够体现一种震撼人心的力量。同样的手法适应于文学当中的叙述。

最近我在翻译一位评论家对普鲁斯特的分析，里面讲到绘画与工艺品对普鲁斯特小说的影响，比如用带有中国绘画的屏风去追寻逝去的时光，里面涉及到作家对作品结构上的处理。一方面，屏风作为灵感的来源，按照屏风的灵感对作品进行了剪切，另一方面，屏风作为一种隐喻，象征着他对失去时光的渴望以及追寻到时光的某一个瞬间。此外，中国绘画和工艺品，在只有中国女人手指那么大的方寸之地创造出来那么精致的作品，这给普鲁斯特非常深刻的印象。这一点与普鲁斯特对句子的定义是相联系的，他的句子被批评家认为来自独特的组织，非常注重在最微小细节里面的刻画。屏风的那种叠瓦状构造，与他句子的构造是有联系的。

关于文学与其他不同形式之间互动的联系，我想各位诗人小说家一定有更多的见解，尤其是阿多尼斯先生，您的作品被批评家称为"诗中有画，画中有诗"，看您的作品很有画面感，您的画里线条还有色彩都具有非常夸张的对比，我想其中也是具有惊心动魄的诗意，我想在这方面听听您的高见，您的诗歌创作与绘画创作之间的关系。

阿多尼斯 > 我在诗歌创作使用语言的时候，我便感觉到语言衰老了，即使一位诗人想通过创作为这种语言注入新的青春，他还是阻挡不住语言的衰老。阿拉伯社会逐渐地衰老，所以我想用一种更青春的方式来从事艺术，我试图把语言、色彩、线条结合起来。我从事艺术创作也有一个有利的条件，就是我的朋友当中有很多是艺术家。有的时候我给他们写评论、序言。我想，我是不是也可以试着用另外一种方式书写另外一种诗篇。我们能从中国画里看到诗歌和美术的结合，波斯也有这样的传统。但在阿拉伯，我的作品里有画也有诗歌，但是这种诗歌在中国、波斯的呈现方式不一样，我的作品中诗歌本身不构成完整的诗篇，它和色彩、图案、不同的物质一起，它们都是必不可少的构成部分。我创作了一些作品以后，放在自己家里面，挂在墙上，也不拿出去给别人看。有一次一位法国的艺术评论家到我家里做客，他看到我墙上的作品，就问这是谁的作品，我说是我一位朋友的。评论家说，你介绍我认识一下你的这位朋友，你就下个星期和他说我们约个时间，等时间到了来到我们聚会的地方，这个时候我就不得不告诉他，这幅画就是我自己的作品。他说，你有艺术上面的天赋，你可以从事下去，然后我就办了展览，一发不可收拾了。一开始我用不同材料，现在我主要使用墨汁。

程巍 > 如果你只是生活在北京，可能对中国还不太了解。今天的中国处在一个复杂的历史阶段，你如果出了北京二环一百公里，就会看到另外一个中国。我们近几十年来的翻译，把国外很多作品翻译过来，但是对不同时段作品的翻译在中国却同时发生，所以可以说我们既有古代的也有现代的还有当代的作家。中国拥有各个国家不同时段作品的译本，所以国外很多资源被我们翻译介绍过来以后在同时间内用以批判。乔修峰研究 19 世纪文学，他可以利用他的思想资源来批判中国目前在工业化过程中出现的与当年英国相同的问题，这个不同步是我们通过翻译很可能实现的。

乔修峰

中国社会科学院
外国文学研究所学者

乔修峰 > 程巍老师给我的任务比较大。我会谈到二百年前，但我先谈一个轻松一点的话题。今天来了这么多作家，我感觉有点像动物园的动物看到饲养员一样，心情很激动但有一肚子的问题。我作为一名普通读者，不是研究者——这个角色好像是有一点被动，我们能够看什么书、"吃什么东西"是取决于作家们给我们什么——但是我想问一个相反的问题，就是读者的阅读倾向在多大程度上影响作家创作？就是刚才提到的文化产品的接受问题，人们不愿再读长篇作品，其实在一两百年前就已经有很多英国作家提到这个问题了。19 世纪我们会读很多长篇小说，但 20 世纪以来的这一百多年里，我们会发现长篇小说不再是那种三卷本的长篇小说了，长篇小说变得越来越短，这是一个总体的趋势，虽然也有例外。短篇小说开始繁荣起来了，在我看来，似乎是读者的匆忙而浮躁的阅读兴趣影响了文学的发展和文学的创作，我不知道在座的作家们会不会觉得读者的阅读倾向影响着他们的创作，他们在写的时候有没有抵制或者与之类似的意识？

马瑞科·可塞克 > 我觉得没有影响，至少在写作的长度方面，读者的偏好对我没有影响。回到一个问题：作家到底为谁而写？我正好借用一位作家的回答，我不记得他的名字了，他说，创作不是为了自己，也不是为了读者，而是为了文学。我们自开始创作时，就开始了对已有的作品的对话。我们当然希望有人会读我们的作品，但是我们创作的最初动力是希望使文学在已有基础上再增添一点色彩。

杰夫·惠勒 > 我提供一个比较有趣的视角来回答这个问题。我就是写长篇系列小说的，从我的角度来看，读者渴求更长的系列小说，然而这对出版商来说是个难题：小说越长，就意味着他们回收的周期就越长。美国目前的市场有一个现象，就是读者有一个偏好，他们希望一口气读完一部作品，这个作品如果还在连载，他们是不会读的。他们要等到整个系列书出版以后才开始读，我看到的现象是读者的愿望是作品越来越长。

程巍 > 你同样描述了中国读者阅读的习惯。现在看这个畅销小说的人很多，看电视的人很多，但真正看文学作品的人还是比较偏爱相对短小的作品，而不是鸿篇巨制。我们现在的作家写鸿篇巨制的也不是特别多。

陈众议 > 网络的魔幻小说写得很长，都是几卷本。

程巍 > 这种情况出现在我们的网络中。网络上面连载的小说，很多都长得不得了，网络上流行很长的小说。

我们已经讨论了三个小时了。大家这段时间生活在北京，日常交流、感受北京生活的细节中会对大家有所启发，有的外国作家朋友已经来北京三四次了，你们会感受到北京并不是一个非常中国化的地方，现在的北京有各种各样的"层"，就像刚才讨论中有人所说的那样，我们谈论的作品有不同的"层"，北京也是如此，你们会发现北京有着各种

各样的"层"。只要在北京生活久一点，理解就会更深一点。当你把这些纳入自己认知的时候，你发现它们并不是一种威胁，而是对彼此的拓展。

我希望会议结束后，你们还会有机会来我们外文所做客。外文所不仅有研究的力量，还有翻译的力量，外文所是与整个中国的外国文学研究、翻译连在一起的。刚才所说的很多作家来了以后很快就获得国际大奖，或许只是一句玩笑话，但实际上，你们来了以后，你们的作品就将被这里的学者研究和翻译，将会展现出很好的影响，也会对中国的文学产生启发，更新两种不同的语言和思维。今天时间有限，但如果大家对彼此的观点怀揣兴趣，我希望大家在以后的日子里继续相互讨论。

欢迎你们再来，谢谢大家！

✎ 研讨会现场

✏ 研讨会现场

09
—
28
2018

Lu Xun Academy of Literature

中外作家第二次研讨会

在时代的天空下

—— 阿多尼斯与吉狄马加对话录

International Writing Program

在时代的天空下
—— 阿多尼斯与吉狄马加对话录

International Writing Program 2018

时　间 – 2018 年 9 月 28 日（下午）
地　点 – 鲁迅文学院芍药居校区

对话人

阿多尼斯	叙利亚诗人、思想家、文学理论家
吉狄马加	中国作家协会副主席、鲁迅文学院院长，诗人

翻　译

薛庆国	北京外国语大学阿拉伯语教授、翻译家

中外作家第二次研讨会

在时代的天空下——阿多尼斯与吉狄马加对话录

时　间：2018 年 9 月 28 日（下午）

地　点：鲁迅文学院芍药居校区

对话人：阿多尼斯（叙利亚诗人、思想家、文学理论家）

　　　　吉狄马加（中国作家协会副主席、鲁迅文学院院长，诗人）

翻　译：薛庆国（北京外国语大学阿拉伯语教授、翻译家）

阿多尼斯

Adonis

叙利亚诗人
思想家、文学理论家

阿多尼斯 > 首先，很高兴今天有机会跟你作这个对话。我不久前读了一些被译成法语的你的诗作，非常欣赏。我想先提一个我们可能都共同关注的问题，就是意识形态和诗歌的关系问题。在 20 世纪后半叶以来，我们阿拉伯世界经历了很多事情，包括巴勒斯坦的斗争，左翼政党的兴起，还发生了多起政变。许多人的梦想是让阿拉伯世界变得更好。对于如何理解诗和意识形态的关系，人们有不同想法。我对这个问题一直持保留意见。现在，半个多世纪过去了，我们发现：几十年来阿拉伯人经历了那么多的悲剧，进行了那么艰苦的斗争，也曾有过许多理想和牺牲，但直接书写这些命题的诗歌，却没有一首称得上伟大的诗歌，为什么？在我看来，原因在于诗歌被当作一种工具，为政治和意识形态服务。虽然斗争事业本身是伟大的，但是诗歌被当作工具以后，就失去了应有的价值。对此不知道你怎么看。

吉狄马加

中国作家协会副主席
鲁迅文学院院长，诗人

吉狄马加 > 应该这样说，20 世纪本身就是一个政治革命和社会革命的时代，从 20 世纪以来，整个世界的诗歌也折射出了政治和革命的影响，许多诗人的写作都表现出了明显的意识形态性，特别是一些积极参与社会革命的重要诗人，其意识形态性或许就表现得更强。当然这种意识形态性，对于一些杰出的诗人而言只是他们诗中的一种潜在的政治诉求。这种意识形态性无论是表现在冷战时期的左派思维，还是 20 世纪初期的那种激烈的革命思维，体现在那个时代一些伟大诗人的身上时，其政治理想都被融入了他们的创造和写作，他们的诗歌同样表现出了极具鲜明个性的艺术特征。比如希腊诗人扬·尼佐斯、土耳其诗人希特梅克，当然也包括后来名扬世界的意大利诗人、导演帕索里尼等诗人，我认为他们都在自己的创作中，极为艺术化地处理好了诗和政治、意识形态的关系。我个人始终认为，在这样一个政治、社会和诗歌密不可分的时代，

一个诗人要简单地回避或者是逃避意识形态，我认为是不太可能的，特别是对于那些具有整体人类观的诗人，我以为一个时代伟大的诗人，首先要做到的是，一方面不能使自己的诗歌仅仅是一种不具有人类普遍意义的形而下书写，而是要将个人生命经验与人类意义更有机地结合在一起，就是从诗人的整体格局哪怕就是重新回到文本上来看，我们与20世纪那些伟大的诗人相比较，我们在精神气度上、在全球视野上、在承担政治和道义责任上都与他们有着明显的差距。

我记得法国诗人路易·阿拉贡在评价马雅可夫斯基时曾说过这样一句话：是这个人教会了我如何让诗歌真正进入公众和人民。当然我这样说，并没有否认诗歌在精神和美学上的独立价值。而我认为让诗歌和社会发生更广泛的联系，在任何时代都是必要的，不过需要声明的是，这种转化必须通过诗人来创造性地转化，最终我们看到的必须是真正意义上的诗歌，这些诗歌毫无疑问都是诗人忠实于他的心灵和灵魂而结出的动人的硕果。

阿多尼斯 > 好的。我提问是想了解你的观点，你刚才提到的几位诗人我也很熟悉，那这个话题到此为止。我想提的第二个问题，是关于人民这个概念，我们在阿拉伯世界一直困扰于这个概念。人民到底是指什么？指的是某个特定阶层的人？还是不同阶层、不同观念的人的总和？在阿拉伯社会所有的统治者眼里，只有拥护政权的这部分人才是人民，而反对政权的那部分人，是要受到另眼看待的。你对这个问题怎么看？

吉狄马加 > 我想对人民这样一个概念，在社会政治层面上很多时候是一个政治术语，但我更希望把人民看成是一个一个独立的个体存在，而这种个体存在如果用一个比喻来说的话，就像沙漠中的一粒沙，它是独立存在的，或者说是大海中的一滴水，从某种意义上而言，它也是独立存在的。在现实中或许有人会问，站在我们对面的那个人，他是人民吗？或者说当一粒沙吹过我们身边的时候，你能说那粒沙就是沙漠吗？我不想用不同阶层、不同观念的人的总和来判定人民，既然它是一个政治术语，那对人民的解释就会有不同的结果。我还是想从诗人的角度，或者从更广义的、更社会性的角度来看这个问题，所以我把人民看成是一个一个独立存在的个体，实际上就是在强调人的价值以及人民这个词所包含的更丰富的内涵，我曾就我所理解的人民写过一首诗，这首诗的题目就叫《没有名字的人》。

阿多尼斯 > 我一直认为诗人不仅仅是写诗，诗人更重要的是创造一个完整的世界，给出属于自己的世界观。请问，你对世界、对人有怎么样的看法? 什么是你的世界观?

吉狄马加 > 从本质上讲，我不是一个怀疑论者，因为我始终对人存有希望，对这个世界也充满了期待，但不可否认的是，当我回顾人类的历史，特别是目睹当下人类面临的困难，其实我的心情永远是喜忧参半的，人类对自身、对别的生物以及大自然所犯下的罪过举不胜举，而人类只能靠自我救赎来获得新生。今天的人类又进入了 21 世纪，虽然在科技和技术进步上又有了很大的发展，产生了许多改变我们生活方式的发明，但同时又出现了许多足以让我们身临险境的危情。难怪早在上个世纪 60 年代，伟大的意大利诗人蒙塔莱就曾经说过这样的话：很多时候人类虽然在某个阶段取得了科学和技术的巨大进步，但是如果去考察这些所谓的进步所带来的负面影响，也就是说把这种进步和负面影响放在更长远的历史空间来考量的话，其结果是既没有进步也没有倒退。我认为诗人应该创造两个世界，当然这两个世界是相互关联的，有时候甚至是密不可分的，一个世界就是诗人用词语构筑的世界，另一个世界就是诗人通过自己的精神创造，试图去实现的理想世界。作为诗人，我相信诗歌的作用不仅仅存在于诗歌本身，它还应该为构建人类的道德和精神高度发挥作用，特别是在今天这个还充满着不公正和暴力的世界上，诗人应该对一切有损于人的尊严和权利的行为作坚决的斗争。我还记得前几年在北京我们见面的时候，我曾经给你提过一个问题，就是如何看待当时叙利亚的政治走向和残酷的战争状况，从今天的叙利亚的现状来看，你当时的分析和预言与现在的情况非常相似，叙利亚的现状就是世界各大政治、宗教和军事势力博弈的结果，而饱受战争蹂躏的就是四处流亡的叙利亚人民，现在叙利亚西北部省份伊德利卜又成了世界关注的焦点。你刚才问我对人有什么看法。对人类有什么看法? 我想说的是，叙利亚就是一个最好的例证，在人类的历史上邪恶与良善从来就没有离开过我们，而这种邪恶和良善今后还会继续伴随着我们，我以为人类只有最大限度地减少人性中恶的东西，不断地对自身进行救赎和警醒才可能有一个让我们期待的未来。伟大的人道主义者、哲学家罗素就对人类的未来发出过类似的呼吁，尽管人类漫长的历史血迹斑斑，但人类构建的古老文明和思想智慧，仍然是我们通向明天的最重要的精神基石，对此我深信不疑。

阿多尼斯 > 好的。我再问一个问题，怎样看待诗歌和思想的关系？在我们阿拉伯文化中，主流的诗学总是将诗歌和思想分开。但是从世界范围来看，我们认为没有一个大诗人不是一个伟大的思想家。你怎么看待诗歌和思想的关系？

吉狄马加 > 我想诗歌不仅仅是语言和修辞的问题，当然也不仅仅是诗歌写作的技术和形式问题，如果只单纯从语言和修辞来看待诗歌，当然可以说诗歌本身是和思想没有太直接的关系，但正如你所言，每一个写诗的人其实都是有思想的，特别是那些大诗人无一例外没有一个不是真正意义上的思想家，只有那些真正具有思想的伟大诗人，才能让诗歌具有真正的精神高度。不过思想和诗歌永远是一个既矛盾又融合的整体，思想只能有机地融入诗歌的体内，而不是用概念去代替诗歌以及语言的特质，否则思想对于诗歌而言就将是一种危害，有时候甚至是灾难性的，如果思想能成为诗歌的精神和灵魂，并将深化其形而上的精神高度，那么思想对诗歌就是一种强大的内在的支撑，这种支撑会让诗歌在更大的维度上获得更大的张力。将思想转化成诗歌的修辞和形式本身，其实都是对诗人的考验，因为诗歌对思想的艺术呈现，永远不可能是直接的、简单的，甚至是不被打碎的，我理解诗歌呈现的思想，只能是思想的影子，或者说只能是被打碎后的思想，真正高明的诗人和经典的诗歌，对思想的呈现一定是经过重构后的另一种思想，这种思想或许是清晰的，也或许是模糊的，所有这一切都将是诗歌在呈现思想时的一种新的创造。总之，诗歌在呈现思想的过程，很多时候都是非理性的，非逻辑性的，否则，诗歌就将丧失其最重要的最神秘的美学特征，诗歌对思想的表达是最复杂的，将是语言和修辞的重构，有时候诗人天赋的高低，也会在表达思想方面显得出来，天才的诗人对思想的表达常常是深藏不露的，所以才说伟大的诗人许多也是伟大的思想家，但是我们不能说伟大的思想家一定是伟大的诗人。

另外我还想说的是，一个纯粹只为修辞而修辞的诗人，肯定不会是一个大诗人，在今天这样的诗人并不在少数，或许他们在修辞和语言上有许多让我们称道的地方，但他们的写作都离灵魂和心灵太远，也可以说他们的作品没有什么思想，真正的大诗人应该是在思想和诗歌形式上都有创见的诗人。阿多尼斯先生你本身就是一个最好的例子，我以为从这两个方面来要求你，你都是一个合格的大诗人，首先你是一个真正意义上的思想家，你对阿拉伯思想史的研究以及你对当今世界形势的审视和判断，都是一个思想家才可能做出的具有高度的解析，而你的诗歌在形式和修辞上的创新，也给我们提供了难得的范例。所以我要说，你是一个思想家又是一个好诗人。

阿多尼斯 > 据我所知，马克思主义进入中国，意味着中国政治、社会发展出现了一个重要转折点。那么，我想知道的是：马克思主义进入中国以后，中国的文学创作有没有出现这么一个转折点？

吉狄马加 > 应该这样说，从上一个世纪初开始，中国社会就在发生着剧烈的动荡，你知道中国是一个有着数千年封建历史的国家，结束封建帝制是一个必然的选择和结果，清朝晚期中国已逐步沦为一个半封建半殖民地的国家，发生一系列的社会革命也是当时的现实，中国社会将走向何处，中国本土原有的保守力量以及外来的各种政治思想实际上都进行过激烈的博弈和碰撞，可以说，后来的中国发生的一系列社会变革都与外来思想的传播有关，这其中当然也包括马克思主义在中国的传播，中国有过大规模的资产阶级革命，但是，它并没有真正解决中国社会存在的贫富差距的问题，特别是占绝大多数中国人口的农民的问题，正因为马克思主义在中国的传播，实现社会主义才在中国变成了一种被普遍接受的社会理想，我认为中国选择社会主义并不是一个偶然，它是有其深厚的社会根源的，我想马克思主义的传播不仅仅对中国这样的国家有深刻的影响，就是对 20 世纪许多被殖民的民族和国家其影响也都是极为深刻的，马克思主义指导下的社会主义运动可以说是 20 世纪影响最大的历史事件，就是在现在的拉丁美洲这一思想所带来的社会运动仍然在持续中，当然中国的情况与他们的情况在很多地方也是有差别的。毫无疑问，马克思主义在中国的传播当然会影响到中国现当代文学的发展，特别是对一部分重要作家的影响更显得明显，这就如同 20 世纪上半叶的那些重要的西方作家诗人，诸如阿拉贡、艾吕雅、马雅可夫斯基、聂鲁达、布莱希特等等，他们后来都成了马克思主义者并参与了世界性的社会主义运动，在中国也是这样，许多左翼作家也都受到了马克思主义的影响，这其中就包括鲁迅、郭沫若、茅盾、丁玲、艾青等一大批作家。当然，在上世纪初整个西学渐进的过程中，中国作家受外来思想的影响也是复杂的多方面的，鲁迅就受到了尼采思想的影响，当时无政府主义思想在中国也有一定市场，巴金很长时间也是一位巴枯宁、克鲁泡特金的追随者。特别是在反封建反殖民地的过程中，有一大批作家实际上也参与了轰轰烈烈的社会革命，他们好多人都到了共产党的根据地延安，许多人的写作都体现出鲜明的追求社会变革的理想。当然，上世纪 20、30 年代那一代作家，实际上在接受外来文化影响方面同样是复杂的，有一部分偏向右翼的作家就选择了完全不同的写作方向，同样也有部分作家他们并不具有鲜明的政治色彩，但是他们也不可避免地会受到社会变革的影响。尤其是社会主义最后在中国的成功，也为马克思主义在中国的传播提供了重要的条件，可以说马克思主义对中国现当代文学的影响是巨大的，也是直接的。在这个方面最突出的表现就是作家诗人与劳动群众的关系更加地紧密，他们的写作和生活也成为了这一社会历史变革的不可分割的一部分。

马克思主义在中国的传播，不仅改变了中国的历史进程，甚至也改变了世界的历史进程，现在这方面的学术研究著作很多，但是从中国社会的发展和历史变革的总体上来看，马克思主义对 20 世纪的中国社会当然包括文学的重要的影响都是巨大的。

当然就这个话题我还可以多说几句，马克思主义在 20 世纪不仅仅是对中国，就是对许多争取国家独立和民族解放的国家的影响也是很大的，当然每一种思想的传播在不同的国家也是复杂的，所谓马克思主义在不同国家的本土化也产生了不同的情况，中国是一个有着悠久历史文化传统的国家，其儒家文明的历史长达数千年，独特的伦理思想以及文化精神价值体系，都是与这个世界许多国家和民族不同的，中华文化的包容性和吸纳力，我以为也是这个世界上少有的。在马克思主义中国化的过程中，也并不是都是成功的，这其中也有深刻的教训，马克思历来强调的是人的全面的发展，马克思主义不是一种教条，真正的马克思主义其实质是人道的马克思主义。

阿多尼斯 > 如果我们问哲学家，哲学创造了什么？哲学家可能说他们创造了概念；如果我们问科学家，科学创造了什么？答案可能是科学创造了一些功能，包括改变社会的功能；如果我问诗人吉狄马加，诗歌创造了什么，你的答案是什么？

吉狄马加 > 是的，正如阿多尼斯先生你说的那样，哲学家是在创造概念，实际上任何一种哲学都在试图揭示生命和自然的规律，哲学是形而上在思辨上的一种推理，或者说是一种精神现象的逻辑关系，我想没有一个哲学家不在这种推理中使用概念，德国哲学家康德对精神现象的揭示，实际上就是对概念的一种最极致的使用，当然哲学在很多时候是接近于诗的，特别是对宇宙和生命的终极探索，但它终究也还不是我们定义上的诗。任何科学都有其实用功能，因为科学的创造以及它所产生的成果都是能被具体检验的，科学创造之所以是科学的，最重要的一个特点就是它的每一个环节都能往回推演，科学有时候也会以概念和数据来表现，但这种概念和哲学上的概念是有着明显的区别的，科学家当然会给这个世界的创造赋予特殊的功能，我们今天所享受的物质成果其实就是科学的成果，科学作为一种探索和研究事物的手段是没有穷尽的，可是科学家为我们提供的成果永远是可感知的功能性的东西。诗人不是一般意义的哲学家，但是伟大的诗人都应该具有哲学思维的禀赋和特质，诗人同样不是科学家，但是他的作品在某些时候也并非都是非理性的产物，我认为诗人最重要的是通过语言和修辞所构筑的世界，给我们提供一个更让人充满了期待的悬念，诗人必须通过诗歌也就是通过语言，来揭示事物背后的真相，诗人呈现的永远不是我们眼前固化的现实，而是现实背后被打碎的影子，这些被打碎的影子有时是清晰的，有时是模糊的，诗人没有别的工具，他的工具就是语言和词语，语言和词语可以创造一切可能，但这并不能得出这样一个结论，就是诗人的技艺只能停留在语言和修辞上，最伟大的诗人他还必须去探索生命和死亡的意义，我以为生活在现实大地的诗人，还有一个重要的任务就是通过诗歌来对现实赋予应有的意义，我想这也是一种创造，这种创造不仅仅是诗人作为一个精神劳动者的责任，同样也是作为一个人的责任，否则，我们的生活和现实都将是荒诞的，没有意义的，也正因为此，诗人是这个世界和未来最具有预言性的祭司和英雄。

阿多尼斯 > 我最后还有两个问题。首先，作为诗人，人们肯定会注意他写作的风格。对于你的诗歌来说，你是在诗歌的语言之内创造了一种新的语言呢，还是沿用别人所经常使用的语言？或许我可以对这个问题作进一步阐释。我读阿拉伯诗歌史上那些伟大的诗作时会发现，虽然我读的是阿拉伯语，但是仿佛我在阿拉伯语里面发现了一种外语。读中国的诗歌，会不会让人产生不同于传统汉语的那种语言感觉？或者说，你认为中国伟大的诗篇的特征是什么？

吉狄马加 > 没有一个诗人敢这样说，他所使用的语言都是前人没有使用过的语言，我想就修辞和词语的使用也是这样，每一个诗人都会创造一些语言，或者说都会在语言中进行自己的冒险和创造，我生活在两种语言中，也就是说汉语和彝语都是我的母语，正因为我游走在两种语言的交汇处，也因此我会从两种语言的源头吸取我所需要的养分，我是用汉语在写诗，但是越往后走我发现彝语中的最神秘的部分，开始给我的诗歌带来意想不到的惊奇，比如我去年所写的长诗《不朽者》，其实就是对彝族哲学观、自然观和生命观的一种诗性呈现，这些无论在形式上还是在语言上独特的表述，都与彝语中幽深的源头有着最隐秘的联系，可以说我希望我诗歌的语言既能闪现出古老神秘的光泽，同样，它又是我在创造中所获得的新的语言的奇迹，我想阿多尼斯先生一定会赞成我的看法，有的语言的创造并不是在设想中获得的，而是在神奇的创造中偶然得到的，西班牙伟大诗人洛尔迦有一个观点我就极为拥护，他认为诗人在创造时其身体和思想都是具有灵性的，自从我到了洛尔迦的格拉纳达我才对他的诗歌有了一个更新的更深入的认识，从某种意义而言，洛尔迦的《吉卜赛谣曲》和《深歌》都是在这种状态下创作的。只要诗人活着并还有创造力，他就会一生与语言和词语结下不解之缘，特别是具有创造力的诗人，每一首诗的写作都在追寻和力图获得新的语言的成功，当然也包括创造新的艺术形式。诚然，对新的语言的创造，对每一个诗人来说都是极为艰难的，就像我在上面说到的那样，作为一个彝族诗人我是用汉语在写作，我以为两种语言给我所带来的在思维方式上的交叉和冲突，其实也给我提供了在语言创造上的一种新的可能，中国汉语新诗的写作已有近百年的历史，少数民族诗人用汉语的写作，实际上是对汉语语言在更高层面上的一种丰富和加入，这种情况不仅仅在汉语中存在，它同样在英语、法语和西班牙语中存在。

另外我个人还认为，在诗歌的写作过程中，创造一种新的诗歌语言始终是诗人追求的目标，有的甚至就在语言中进行单向的实验，比如 20 世纪初俄罗斯未来主义的主将赫列波尼科夫就是一个鲜明的事例，不过他的诗歌已成为了要变成翻译作品最难的事情，或许这也并不是一个极端的例子，诗人如何创造一种新的诗歌语言，就我个人而言，选择一种既能表达自己的思想同时又能让语言获得更大空间的可能一直是我努力和追求的方向，就创造而言这种追求没有开始也没有结束，它永远都在充满未知的路上。

根据我的阅读经验，当然我都是通过阅读翻译好了的作品，那些伟大诗人的作品同样会给我带来新奇的感觉，除了翻译本身就是一种创造外，每一次阅读其实都是阅读者对文本的又一次创造，接受美学对阅读就是一种创造的定义，直到今天我认为也是颠扑不破的真理。就这一点来看，无论你是读你自身母语的经典作品，还是读外来的翻译作品，最大的相同之处就是，每一个阅读者都会对他所阅读的作品进行想象和补充，这就如同阿多尼斯先生刚才所说的那样，阅读总会给自己带来一种全新的感受。有些对语言特殊的感受，不仅仅在诗人的母语中，就是被翻译成了另一种语言这种感觉依然会十分强烈，比如我们读被翻译成汉语的秘鲁诗人塞萨尔·巴列霍，除了能感受到他诗歌在语言上强烈的冲击力之外，你并不会感觉到这是一个外国人在写诗，而更像是我的一个同胞兄长在写诗，我们在精神上就如同一对孪生兄弟，他的饥饿、悲伤和愤怒，在阅读时毫无疑问已经成为了我身体和精神的不可分割的部分。我在一篇文章中曾经看到这样的内容，智利诗人巴勃罗·聂鲁达在接受美国诗人勃莱的一次采访时说，他认为塞萨尔·巴列霍这样拐弯抹角地表达他的思想是否与他印第安人的思维习惯有关系，但是我从来不这么认为，我在读他的作品时更多的感觉是他在用一种隐晦的方式表达一种更具有力量的东西，正因为他的表达永远不是直接的而是间接的，也正因为有这一种特殊的表达，那些隐匿性的修辞和表述才会产生另外一种难以言说的效果。我曾写过一首诗，名字叫《诗歌的起源》，其实就是想表达这样一个意思，就语言的创造而言，我们永远无法给它设置任何所谓的前提，因为任何一次伟大的艺术创造，其结果都是未知的，但是一旦获得了这种结果它就会给我们带来既是精神的又是肉体的双重震撼。

阿多尼斯 > 你很幸运，因为你能在两种语言之间游离。最后一个问题：现在我们身处的 21 世纪，是一个发生巨变的时代，写作也发生了爆炸性的巨变，让人感觉人人都在写诗，或从事艺术创作。这跟过去有很大的不同。在过去，人们只知道几个大作家，左拉、雨果、巴尔扎克等等。现在每年有一千多部作品问世，这是一种全新的局面，在东西方都一样，其中也有大作家，更有大量的二、三流作家。我的问题是，当一个二、三流的作家、艺术家充斥于社会的情况下，文学和艺术创作还有什么意义？或者，二、三流作家们存在的意义是什么？

吉狄马加 > 这就是当前的现实，不管我们高兴还是不高兴，我们都无法改变这种现状，从更积极的方面来看，我们还必须理性地正视这种现状。这种情况不仅仅在文学领域，就是在其他领域也同样存在，正如人们所说的那样，在这样一个全球化的时代，尤其是网络的出现实际上它已经彻底地改变了我们的生活方式，我不想在这里来对网络出现的优劣作简单的评判，实际上人类还有很多新事物也都出现在了我们面前，比如人工智能，比如基因工程，比如生物工程，等等，有的已经给未来的人类是否突破伦理底线、突破整体的安全提出了需要严肃对待的问题，当然这是双刃剑，人类今天面临的问题不是小问题，我认为把它放在更长远的角度来看，都是一些生死攸关的问题。阿多尼斯先生说到了写作的问题，我以为在网络时代每个人都是写作者，只要他愿意写他就可以通过网络来传播自己的文字，因为网络无法设置门槛，虽然我们还存在着许多传统的文学刊物，当然它们就是在今天也是有门槛的，任何一个刊物都有刊发其作品的标准，但是网络没有门槛，据不完全统计，就是在今天的中国网络上就有几百万个写作者，无法统计网络上每年到底有多少长篇小说问世，就光是每年在中国出版的纸质长篇小说就达九千余部，我不敢设想全世界一年出版的长篇小说是多大一个数目，毫无疑问这肯定是一个天文数字。不用我说这其中能被称得上是三流作家和四流作家的也一定是少数，那种被我们认为的一流作家，我想在任何时代都是极少数，你所说的左拉、雨果、巴尔扎克就是在 19 世纪他们也是人类精神塔尖上凤毛麟角的人物，而我想说的是虽然今天写作者的基数比过去大了几倍几十倍甚至几百倍，但真正能站在人类思想和精神高处的巨人与过去相比也明显少了。在这个方面，我们就是与 20 世纪上半叶相比较，我们今天的作家和诗人在精神格局上也不能和那个时期的大师巨匠相比拟，这其中有诗人也有小说家，他们个人的生命经历和那个时代最终形成的是交相辉映的一部历史，而我们现在很难看到这样的作家和诗人，就是有也是为数不多的，时势造英雄这句话并非是错误的，它并非浅显地说明了一个时代与个体的关系，但是我相信任何一个时代都会产生与之相对应的历史性人物。

我还想说的是，无论是 19 世纪还是以后的若干个世纪，人类在精神和文学上的巨人永远是屈指可数的少数，但是我认为最重要的是我们不能没有一个评判这些巨人的标准和价值体系，我以为这才是最重要的，这个标准和价值体系并不是今天才有的，它实际上与人类的文明史的发展是紧密联系在一起的，最可怕的是，我们在今天消解和毁灭了这个标准，我认为越是在这样一个物质主义至上的今天，我们更应该肯定和坚守这种标准。在这里需要说明的是，肯定和坚守这种标准，这与任何人是否能进行写作没有直接的关系，我想任何人进行写作都是他的权利，但是肯定和坚守一种标准对构建人类普遍认同的价值标准将永远是富有意义的。

有的人会问，谁来确定这样的标准呢？事实上，数以千年的人类文明史已经告诉了我们，那些我们所尊崇的人类精神文化遗产已经为我们树立了光辉的榜样，远的不用说，就是 20 世纪以来的文学经典已经用它们不朽的品质证明了这种价值和标准，同样，历史和时间对一切精神创造的筛选就更为严酷和公正，我认为对这个问题我们无需充满忧虑，我相信在任何时代人类创造的具有经典意义的思想遗产，都会或早或迟地完整地交给我们的后代。在今天对任何一个正在跋涉并迈向人类精神高地的人我们都应该向他致敬，因为一个文明、健康、公正和理性的世界，缺少了这样的精神引领者都将是不完美的。

阿多尼斯 > 你的回答很有深度，我很受启发，非常感谢。

吉狄马加 > 当然我也想借这个宝贵的机会，给阿多尼斯先生提几个问题。我们既是老朋友又都是诗人，说实在的，我非常关注今天叙利亚的局势，尤其是关注叙利亚人民当前的处境。我昨天从新闻中看到，伊德利卜已经成了交战的焦点，不知道这场战争是否能早日结束。

记得在三年前我们曾有过一次短暂的对话，你在那次对话中曾经预测过叙利亚的形势，今天看起来你的预测基本上已经成了现实，叙利亚的问题不仅仅是叙利亚的问题，的确是多种力量包括外部力量作用的结果。就在我们今天交谈的这个时刻，叙利亚人民仍然在流离失所，仍然在炮火之中，说实在的，我不太相信那些具有不同国际背景的政治评论员对于叙利亚当前形势的判断，我想听听你作为一个叙利亚思想家和诗人，对当前形势的看法，因为今天这个被炮火和硝烟覆盖的国家是你的祖国，你有着别人没有的切肤之痛，尤其是你保持了一个诗人的独立立场，总之，我想知道，你对未来的叙利亚命运有怎么样一种预测，同样，你对未来的叙利亚有什么期许？

阿多尼斯 > 如果我一直是在叙利亚国内，经历了或参与了叙利亚的这些事件，也许更容易作一个预测。但是正如你所知，我一向不赞成叙利亚政府的一些政策，包括内政和外交政策，但同时我也把叙利亚的政权和人民区分开来。政权是政权，人民是人民，我更在意的是叙利亚这个国家。另外，如果说叙利亚发生的是一场真正的革命，有其明确的纲领和目标，那么，对前景的预测也会更简单一些。但是，就一开始到现在，叙利亚发生的不是革命，而是外部势力企图毁坏作为阿拉伯国家战略和文明核心之一的叙利亚。有些势力试图摧毁叙利亚，今天看来，他们的企图并没有失败，但是也并没有成功。问题仍然十分复杂，在地区层面有两股势力比较深地卷入叙利亚事务，一个是土耳其，一个是以色列，这两个国家希望让叙利亚解体，在这一点上他们有一致性。很多人认为战争进行了这么多年，前景会越来越明朗。但是在我看来，问题甚至更复杂了，结局有多种可能性，我现在很难预测。

但是我可以确信地说，以色列和土耳其这两个国家，对于谁来主导叙利亚分裂解体之后的利益分配，是有着巨大的分歧的。很可能最终占上风的是以色列。为什么呢？因为以色列的背后有西方。在我看来，今天中东的冲突和西方更大的图谋有关系。西方，尤其是美国，想让中东成为受西方控制的、通往远东的一马平川，或者是通向远东的门户。而在远东，美国和西方主要针对的是中国。令人遗憾的是，部分阿拉伯人，尤其是海湾石油富国，正在帮助西方做这样的事情。我一向反对各种形式的宗教政权，但是美国现在的意图很明显，就是想利用叙利亚危机来摧毁伊朗政权，这样可以把整个中东变成通往远东的一马平川。所以，我认为不能孤立地看待叙利亚危机。

吉狄马加 > 我对阿多尼斯先生刚才的判断是很赞成的，因为我们从外界看，叙利亚的问题之所以这么复杂，就是有很多周边国家，包括一些在叙利亚想获得利益的国家，深度卷入叙利亚问题，使这个问题更加的复杂化，当前叙利亚所形成并出现的复杂问题，实际上是很多政治势力博弈的结果，所以叙利亚问题要很快得到解决，我觉得确实是一件比较困难的事情，因为它有许多不确定性。

从目前的情况看，我认为有一些个别的西方国家并不希望中东有一个和平的环境，因为只有利用这种不和平的环境才能实现他们的利益，现在已经看得很清楚了，利比亚战争以及后来的伊拉克战争，实际上都是国际政治、经济、军事利益博弈的结果，叙利亚问题实际上牵涉到以色列的利益、土耳其的利益当然还有伊朗的利益，在以色列的背后站着的是整个西方世界特别是美国。阿多尼斯先生，作为一个具有独立立场的思想家和诗人，我记得你在很多场合都说过这样一句话，就是在很多方面你并不讨人喜欢，在面对西方的时候，你一直是一个反对西方文化中心主义的东方智者，在面对阿萨德政权的时候，你又是一个反对专制和极权主义的斗士，在面对伊斯兰原教旨主义的时候，你又是一个反对极端民族和宗教势力的先行者，所以说在很多时候，你都是一个有着众多敌人的人。也正因为对你的命运和对叙利亚以及阿拉伯人民命运的关注，我曾经写过一首诗献给你，这首诗的题目就叫《流亡者》，我一直有这样一个愿望，就是叙利亚的问题应该由叙利亚人民自己来解决，但是现在看起来似乎是我的一厢情愿，叙利亚目前的处境会让任何一个具有人道情怀的人忧虑重重，我想作为一个阿拉伯人，你的感受将会比我们更为沉重。

阿多尼斯 > 我要补充一点，就是我作为阿拉伯人，实际上深受一个悖论的困扰，我想我们阿拉伯很多人都有类似的苦恼。一方面，我坚决反对美国的外交政策，因为美国是建立在对印第安人的种族清洗基础上的，更不用说美国现当代霸权主义政治的丑恶。但与此同时，我也反对建立在宗教基础上的政权。比如说在巴勒斯坦问题上，我们看到巴勒斯坦人跟印第安人一样，他们的权利、生命，甚至巴勒斯坦这个国家正在一步一步被剥夺、蚕食。无疑，哈马斯也是巴勒斯坦的一部分，所以我一方面是支持、声援哈马斯及其所代表的人民的权利，另一方面又反对具有宗教性质的哈马斯政权。也就是说，假如有一天哈马斯宣告获得了胜利，我会第一时间宣布我反对哈马斯，尽管我现在支持他们的合法权利。我既同情他们、支持他们的合法权利，同时又反对他们的许多理念，这是一个悖论。

另外，在叙利亚问题上，我曾经希望叙利亚政府能够进行深刻的改革，希望第一个改革举措就是宣布叙利亚是一个政教分开的公民国家，作为个体的国民有权信仰自己的宗教，但是作为政权的国家应该跟宗教没有关系。但实际上，至今叙利亚政府都没有进行这样的改革，实际上在某种程度上，今天的叙利亚向着更加保守的宗教观念回归，这是很可悲的。还有一个问题，就是以色列在中东以犹太教的名义所做的一切，都得到了美国的支持，而阿拉伯人、哈马斯和伊朗以宗教的名义所做的一切，却又遭到美国的反对，这又是一个悖论。它充分反映了美国的虚伪。

吉狄马加 > 叙利亚问题和阿拉伯问题之所以这么复杂，正如你所言这都是外部世界干预的结果，许多旧的问题还没有解决新的问题又出现了，有的是国内的问题，有的是国际的问题，有的是宗教问题，有的是地缘政治问题，有的是实际的经济利益问题。叙利亚问题的解决看样子绝不是一朝一夕的问题。就像过去的利比亚卡扎菲政权，在国际社会并没有一个太好的名声，对于大多数人而言，也并不喜欢他的自以为是，但是客观地来讲，当时在卡扎菲统治下的这个国家，社会总的是稳定的，老百姓的经济收入也是比较高的，但是就是因为西方想通过颜色革命来推行一种他们的制度，而使这样一个国家今天变成了一个动荡流血频仍的国度，所谓政权的更迭并没有带来新的民主和社会的稳定，这个由一千个部落组成的国家经济一落千丈，现在已经完全陷入了不同政治利益集团和部落之间的战争。就像叙利亚一样，今天的受害者实际上就是最为广大的普通的利比亚人民。今天的利比亚和叙利亚一样，其问题的复杂性绝不是一个两个，它是许多复杂问题叠加在一起的，再加上许多国家特别是一些在中东有着直接利益的国家，他们所持的标准并不是一个，而是双重标准或者说是几重标准，也正因为在这样的现实面前，我们每一个关注叙利亚人民命运的人才对当前的形势感到忧心忡忡，充满着痛苦和忧虑的。

说到这里我还想要问你一个问题，就是冷战结束之后，美国政治学家亨廷顿曾经提出过文明冲突论，对这样一个判断，根据这几年的情况来看，我并不认为这个判断是正确的，因为我们看到的仍然是国家间利益的博弈要远远超过所谓文化的冲突。德国思想家哈贝马斯认为，所谓文明冲突论只是一个臆想和虚拟的假设，我个人认为任何一个伟大的文明之所以延续到今天，都有着其强大的包容力和消化力，否则这种文明就不会具有延续到今天的活力和生命力，我想这无论是对于东方文明还是西方文明，无论是对于伊斯兰文明还是对于基督教文明，无论是对于儒教文明还是对于印度文明，它都是适用的。那些所谓的极端宗教主义极端民族主义的东西，应该说都是我们这个时代和人类的敌人，这些反人类的极端的行为，都不能成为我们得出人类不同文明在进行对抗的理由。我想就所谓的文明和文化冲突的问题问问阿多尼斯先生，你是如何从更大的文化背景上看待这个问题的？

阿多尼斯 > 要讨论这个问题，我认为首先应该避免简单化，应该看到，西方有多个层面的西方，而东方也是有多个层面的东方。

其次，纵观历史，我们从没有发现中国的诗人和阿拉伯的诗人或西方的诗人，中国的艺术家、西方的艺术家或阿拉伯的艺术家，发生过冲突。在文学艺术创作的领域里，全世界的诗人、艺术家们都超越了自己的种族、宗教、国别，和谐地生活在一个文化创造的大花园里。冲突都是为了谋求政治、经济的利益而起；当然宗教的冲突，尤其是三大宗教的冲突在历史上，乃至现在也一直存在。令人遗憾的是，今天我们所见到的西方，是被政治和经济所主导的西方，甚至西方的文化也沦为为政治、经济和军事扩张服务的工具，所以这是西方文化的一个倒退。当然，在东方也不同程度地存在这个问题。文明冲突这个概念，我不赞成。因为每个文明的身份都是由这一文明伟大的创造者确定的，在文明层面上、在创作层面上，并不存在冲突；冲突的是军事、政治和经济。军事、政治和经济能代表文明吗？并不能。所以文明冲突的说法是一种政治说辞。在西方政客的眼里，东方人，尤其是阿拉伯人的生命是没有意义的，为了达到西方人的目的，再多的生命死去也并不可惜、并不重要。

吉狄马加 > 我完全认同阿多尼斯先生你的判断，事实确实是这样的，我个人认为所谓文明的冲突实际上是一种虚拟，从更广义的角度来说它是不存在的，我觉得这种冲突实际上就其本质而言还是政治的冲突、经济的冲突和不同利益的冲突。如果从文学的角度而言，就像阿多尼斯先生说过的那样，真正伟大的作家都能超越那些狭隘和偏见，甚至他们并不需要宗教就能拯救自己，从而在精神上解决生命终极以及死亡恐惧所带来的一系列问题。我以为整个人类都应该开展真正的对话，并且应该在这方面做出一些创造性的贡献，其实这也是我们之所以在现在开展这么多国际性交流和对话的目的和初衷，这也就是我们唯一的使命和光荣的任务。

现在还是回到诗歌本身吧，现在我想问一个或许你也经常会被问到的问题，就是有关阿拉伯现代诗歌的发展情况，我注意到在阿拉伯现代诗歌的发展过程中，受到外来诗歌的影响也是比较明显的，特别是西方诗歌的影响就更加突出，在此之前，我通过翻译也阅读了一些阿拉伯现代诗歌作品，比如说赛亚卜的许多诗歌，读了之后就给我留下了极为深刻的印象，我认为他在诗歌的本土性和现代性的结合这方面，都是做出了重要贡献的，他是我十分热爱的一位为数不多的卓越诗人之一。对此，我就想问一下阿多尼斯先生，您认为本土性和现代性是不是我们当下诗人仍然面临的一个问题，这些问题绝不是一个单独孤立的存在，因为对本土性和现代性的认识，仍然需要我们在具体的创作中去加以升华和提升。

阿多尼斯 > 全球化现象使得本土化和现代性、世界性的关系变得更为复杂，它给人们造成一种误解：如果一个诗人的诗歌没有被翻译成外语，尤其是西方语言，这位诗人就没有价值，这种看法当然是错误的。在我看来，没有本土性就不会有世界意义。一个诗人就像一棵树，必须深扎在自己的本土，即属于他的文化土壤；但同时，树枝、树叶都是向着四面开放的，以吸收外来的空气和阳光，没有空气阳光，这棵树就不能够茁壮成长。有些人过分强调国际化，有些人过分强调本土化，这在我看来都并不健康。你刚才提到赛亚卜，赛亚卜就是将本土化和国际化结合得最好的一位诗人，在他身上，本土化和国际化结合，造就出一个和谐而深刻的诗歌实践。我和赛亚卜是非常好的朋友，曾经一起为阿拉伯新诗的发展奋斗过。在阿拉伯世界，还有一些诗人在本土化和国际化的结合方面做得比较好，但是无论如何，赛亚卜是他们之中最出色的一个。除了赛亚卜以外，达尔维什晚期的作品在这方面也做得很好。

吉狄马加 > 阿多尼斯先生你刚才所说的意见十分宝贵，特别是对达尔维什的评价就十分中肯，达尔维什晚期的巅峰之作长诗《壁画》，让我阅读之后深受震撼，这个版本也是薛庆国先生翻译的，达尔维什早期的诗歌基本上都是抗议性的诗歌，当然它们也是极为优秀的，但是从人类精神高度的向度上来看，《壁画》所能达到的高度都是令人称奇的，我个人认为因为达尔维什有后期的那一系列诗歌，因而使他毫无悬念地成为了 20 世纪后半叶最伟大的诗人之一。

阿多尼斯 > 达尔维什后期的诗歌，能够把巴勒斯坦事业的悲剧性和属于全人类的普世的悲剧性，用一种非常出色的诗歌语言来加以连贯、融合，我认为这是达尔维什后期诗歌最重要的特点。

吉狄马加 > 说到这里我还是想问一下，因为阿多尼斯先生你也知道，中国现代诗歌的历史和写作，除了继承自身的诗歌传统之外，当然也受到了很多外来诗歌的影响，特别是西方诗歌的影响，在一个阶段俄罗斯诗歌的影响就更大，当然这也包括了苏联的诗歌，从总体上看我们对俄罗斯诗人作品的翻译量还是比较大的，从上一个世纪30、40年代，中国老一代的作家翻译家，就翻译了很多俄国诗人的作品。1949年建立中华人民共和国之后，对苏联时期重要诗人作品翻译也比较可观，上个世纪80年代以来的近十几年，俄罗斯白银时代诗歌的翻译在质和量方面可以说都是空前的，许多重要诗人都有多个译者的多种译本，可以说俄罗斯诗歌，或者说苏联的诗歌对中国诗人的写作是产生了影响的。我记得我们上次在闲聊时就涉及到对俄罗斯白银时代这一批诗人的评价，如果我没有记错的话，你对马雅可夫斯基的评价是极高的，毫无疑问随着时间的推移今天在世界上没有人不承认他是一个大诗人，同时也是一个有着巨大能量影响过许多诗人写作的诗人，但是你也知道在很长一个时期，由于一些所谓政治和社会历史的原因，作为诗人的他却被无端地遮蔽了许多年，当然白银时代有一批世界性的伟大诗人，除了马雅可夫斯基以外，还包括阿赫玛托娃、帕斯捷尔纳克、曼德尔斯塔姆、茨威塔耶娃、古米廖夫等等，我想听听你对马雅可夫斯基本人以及对他诗歌本身是如何评价的。

阿多尼斯 > 马雅可夫斯基毫无疑问是一个非常重要的现象，而且这个现象的很多方面，今天还没有得到应有的研究。说到马雅可夫斯基，我想举一个例子：大家知道倭马亚王朝是阿拉伯历史上第一个王朝，王朝的第一位哈里发名叫穆阿威叶，那个王朝出现了很多诗人。尽管穆阿威叶也是伟大的政治家，他也成就了一些伟大的功绩，但是我们今天如果要比较一下穆阿威叶和他同时代的诗人的成就，比较一下这些成就的历史意义，我们可以说：穆阿威叶已变成历史的一部分，他的政绩已经被历史超越；而那些诗人却是历史的真正的创造者，为什么这么说？因为那些诗人在阿拉伯文明身份的构成方面，做出了比政治家穆阿威叶更为重要的贡献。我这么说是要表达以下的意思：如果将马雅可夫斯基和列宁作对比，那么，尽管列宁是伟大的政治家，是世界上第一个社会主义国家的缔造者，也尽管马雅可夫斯基在某种程度上是革命的牺牲者，但是，马雅可夫斯基至今仍然活在俄罗斯文明的身份中，他为俄罗斯的文明身份赋予了伟大的人道意义，他在这方面所做的贡献甚至超过了列宁。这个对比可能比较尖锐，但它能说明文学创作在人类历史上的重要性。

吉狄马加 > 是的，对马雅可夫斯基的评价经历了一个曲折的过程，今天的俄罗斯文学界以及从事俄罗斯近现代文学研究的一些学者，实际上已经给马雅可夫斯基做出了更为公正的评价，这些评价也越来越得到了广泛的认同。在这里我还想再问一个问题，就是我经常到世界访问的时候，总有人会问我一个问题，就是有关诗人写作与母语的关系问题，在当代世界诗歌史上有这样一种现象，就是有的诗人虽然掌握了几种语言，但他在写诗的时候用的总是自己的母语，是不是有这样的一种情况，诗人的写作就是要回到自己最初的语言中去？我知道阿多尼斯先生法语很好，但你一直在坚持用阿拉伯语写作。同时我还发现，你作为一位具有代表性的阿拉伯诗人，在世界当然包括在中国都具有广泛的影响力，尤其是你在中国受到的热烈的欢迎，是许多重要的外国诗人没有过的，我想这也绝不是偶然的，我在读你诗歌的时候，总能感觉出其中有一种东方诗人的气质和精神，首先是有一种特殊的亲近，这种亲近我想除了诗歌本身的内容以及表达之外，就是能在你的诗歌中找到一种灵魂和心灵的共鸣，可以看出来你的诗歌既是个体经验的表达，同时也呈现出了普遍的人类意识，就想再问一下阿多尼斯先生，你是不是也有这样的一个感觉，你更接近于一个东方诗人的气质，或者说，你的作品更容易在东方在中国找到更多的读者，因为我有不少朋友和认识的诗歌爱好者，他们对你的作品都情有独钟，那种对你作品的由衷的喜爱完全是发自内心的，我注意了一下，你的几本中文翻译诗集在中国都有很好的销路，这对于小众的诗歌而言也是不多见的。

阿多尼斯 > 你对我诗歌的评价让我感到高兴，让我获得了某种自信，我要感谢你。但是，我是否是一个具有东方气质的诗人？我自己也不能确定。有的时候，读者可能比诗人自己更了解诗人。诗人不了解自己，也无法完全了解自己，这可能恰恰是一件好事，如果诗人很明确地了解了自己，他可能会停止写作；因为诗人的身份，就在于通过写作不停地探寻和发现，但是这种探寻必须以非常自然的方式进行，就像花散发香气一样，是一个非常自然的过程。

我还要强调的是，我们在读西方诗歌的时候，有必要以一种新的眼光去重新看待西方的诗歌。我曾经写过一本书叫作《苏非主义和超现实主义》，是我用新的眼光去看待西方诗歌的一个尝试。在我看来，法国诗歌最伟大的地方就在于它是对西方的革命，就在于它在追求东方性。比如说，兰波的伟大，在于他所有的诗歌都是对法国文化自身发起的一场革命，并表达了对东方的向往。换一句话来说，西方那些伟大的诗人之所以伟大，恰恰由于他们的诗歌中具有某种东方的气质，或者是东方的特点，歌德、但丁等许多人身上都可以发现这个特点。也可以说，西方诗歌之所以伟大，恰恰在于西方诗歌所包含的东方性。

吉狄马加 ＞ 是这样的，我想无论是东方的诗人还是西方的诗人，当然最重要的是他们的作品都要反映出诗歌本身达到的水准，其实在文学史上不难发现许多伟大的作家和诗人，他们都是对异质文化吸纳和学习的先行者，除了你刚才说到的歌德、但丁之外，其实在许多西方诗人身上都表现得非常突出，比如英语诗人庞德，比如法语诗人圣琼·佩斯、勒内·夏尔以及你的朋友博纳富瓦，在这方面更为令人瞩目的是墨西哥诗人帕斯，他的作品深受中国唐诗、日本俳句以及印度神秘主义诗歌的影响，特别是他后期的诗歌更像是一个东方诗人的写作，当然这方面的例子还很多。

另外，我还有两个小问题也想一并问问你，一个是现在全世界所有的民族都在经历现代化的过程，对传统的保护和现代化进程，其实是一对矛盾，我们一方面要经历现代化，另外一方面我们又要保留自己的传统，这本身也是一种悖论。今天是一个全球化的世界，不同的文化相互融合也相互消解，文化的同质化是否已经不可避免，你如何看待人类今天共同面临的这样一个问题？

第二个问题，就是我们一个方面要融入世界性的现代化进程中，同时我们又要处理好个人文化身份和世界公民的关系，你基本上每年都会去世界上很多地方，你的文化身份让我们知道你是一个真正的阿拉伯民族诗人，但是就世界公民而言，你对世界存在的一切不公正所发出的言论又都是具有全人类性的，作为一个重要的思想家和诗人，你认为今天世界性的现代化进程给我们带来了什么好处？其给人类带来的负面影响又是什么？

阿多尼斯 > 对于这个问题，不同的社会可能有不同的答案。每个社会都有自己独特的情况，阿拉伯社会的情况和伊朗、中国、印度不一样，所以对这个问题的答案可能也不同。我谈的是我最了解的阿拉伯社会。今天看来，阿拉伯社会只是接受了现代社会的表象，接受了飞机、汽车还有各种现代科技发明的成果，而在本质上，阿拉伯社会却拒绝了创造了飞机等现代科技成就的重要的思想原则和理性原则。在本质上，阿拉伯社会并没有接受现代性。

我甚至还要说，在某种意义上，公元 8 世纪，也就是伊斯兰教诞生以后的第二个世纪，在文化层面比今天的 21 世纪更具有现代性。为什么？因为在公元 8 世纪，人们可以讨论甚至批判宗教，很多大诗人、大思想家、大科学家都反对官方的宗教观，当时他们以非常自由进取的态度吸收了当时的西方——希腊——的文明。可以说，那个时候的诗人比今天的很多诗人更具有现代性。我认为，只有与反对自由、妨碍自由的一切实现了割裂，阿拉伯社会才有可能产生现代性。而在阿拉伯伊斯兰社会，对自由的妨碍主要来自宗教。只要宗教仍然是一切价值观、人生观乃至生活方式的唯一准则，阿拉伯伊斯兰社会就不可能进入现代社会。所以我认为，今天阿拉伯社会的现代性是跛足的，在本质上我们仍然是古老社会，公元 8 世纪的阿拉伯社会比今天的阿拉伯社会更接近现代社会。

由于宗教成了评判一切的唯一准则，因此，今天阿拉伯伊斯兰世界的诗人和思想家，无法在精神创造中展开伟大的精神冒险，创造属于自己的精神世界。我们看不到哪位诗人在表达自己的宗教体验时，表达他对神灵、对爱情、对女性甚至对诗歌语言的见解时，能展现一种全新的、伟大的精神冒险。今天的诗人们写政治、写日常生活等题材，但从他们的诗中看不到对生活任何层面的伟大探索。这一切，都是因为伊斯兰教在根本上是反对现代性的，因为现代性对包括宗教的一切都要质疑和批判，而宗教不能允许这样的质疑和批判，宗教认为自己道出了永远正确、亘古不变的绝对真理。所以我要强调，从本质上而言，只要阿拉伯社会未能实现和传统的宗教观的割裂，它就一直是古老社会。

所以我认为，今天的阿拉伯社会仍然生活在中世纪，甚至还不如中世纪，为什么？因为今天的阿拉伯人，必须履行中世纪穆斯林的一切义务，但同时又没有享受到中世纪穆斯林享受的部分权利。比如，在很多阿拉伯国家，你只要不是逊尼派穆斯林，就不能够享有逊尼派享有的许多权利。比如在埃及，一千二百万的科普特人和其他公民一样必须交税，但他们却没有权利选举自己的议员，科普特议员是由国家指定的。在世俗化程度较高的叙利亚，基督徒也是无权当选总统的。

吉狄马加 > 阿多尼斯先生，你的认识是极为深刻的，真正的现代性应该是思想和价值体系的现代性，正如你所言，恐怕在很长一个阶段，一些人对现代性的接受，仅仅是接受了现代性带来的物质上的变化，而不是从精神和思想上接受现代性，他们接受的往往是现代性最表征最外在的东西，这种现象在全世界到处都能看见，他们接受飞机、接受高铁、接受电脑、接受手机、接受一切现代化的成果，但是他们的思想和精神或许还停留在中世纪，在世界不少地方在对待女性的态度上就可以看到这种差异，有的女性完全被剥夺了参与社会活动的权利。你的思考同样给了我一个启发，就是任何民族的传统和文化遗产都不能全盘接受，并不是所有民族的都是世界的，应该是民族的同时是优秀的，它也才可能是世界的，怎么处理好一个民族经历现代化的过程，我认为对每一个民族都尤为的重要。

或许有的人会认为，今天的诗人并不处在一个社会的中心地带，但是客观地来看，诗歌并没有丧失它在政治和社会生活中的作用，诗人的写作当然要保留其精神的主体性，诗人写什么应该是诗人自己的事情，但是你认为诗歌的写作是不是依然要处理好诗歌本身与这个社会的关系，因为个体经验与集体经验在任何精神表达中，它都不会是没有关系的，我历来认为诗歌不仅仅是个人经验的一种表达，更重要的是它还要表现出与其他生命的关系，否则我们的诗歌就很难引起他人心灵的共鸣，这个问题看起来是一个老问题，但是在今天碎片化的生活面前，这似乎也是一个值得被关注的问题，也就是说你写的作品如果不能得到普遍的心灵的认同，其实就很难发挥诗歌在阅读中所产生的作用。当然这和诗人如何保持自己独立的写作立场无关。诗歌的审美价值是多方面的，但是无法否认诗歌同样有一种社会价值，这并不是让诗人去为所谓的一个概念去写作，最重要的是，诗歌本身的存在就应该与社会生活发生关系，你的写作就和阿拉伯世界今天的生活有着密切的关系，巴勒斯坦诗人达尔维什更是这样，我并不认为真正的大诗人都是生活在真空中的，其实恰恰相反，他们都是一个时代生活的见证者、参与者和记录者，当然他们最重要的是时代真相最后的揭示者。

阿多尼斯 > 我对这个问题的回答，还是要回到我们阿拉伯文化传统。我认为，写作、创作意味着两个方面，第一是改变，第二是和他者发生关系。如果没有他者，自我也就失去了意义和价值。他者并不仅仅是自我对话的对象，更是构成自我的不可分的一部分。

另外，诗歌的问题不在于诗歌本身，而来自诗歌之外，来自政治、社会对诗歌的利用。诗歌一旦被人利用，它就完了。政治应该认识到，把诗歌当作工具来利用，不仅有害于诗歌，而且也无益于政治。同时我也要说，伟大的诗歌不可能反对进步，反对人；但是，诗歌如果要解放他人，它自身就必须是自由的。我还要强调的是，今天，当科学、当哲学面对诸多危机，没有什么新的思想要表达的时候，诗歌仍有话可说，因为只要死亡和爱存在，诗歌就会存在。

最后，我认为很多人在这个问题上对我有误解。我并不反对宗教，我认为人有权信仰任何宗教，有权决定自己和神灵、幽冥的关系。人有权信仰宗教，也有权不信仰宗教。我们应该尊重人的这些权利。但是当宗教变成了政治的、文化的、社会的甚至法律的一种机制时，它就变成了对人的自由的侵犯，我反对的是对人的一切侵犯，而不是反对宗教。

吉狄马加 > 你的这一些谈话给我的启发是众多的，还会给我带来许多新的思考。我想最重要的是你的谈话除了表达了一个哲人的思考之外，更令我感动的是，他是一个诗人全部人性的最真实的呈现，从你的谈话中我能感受到你对这个世界的热爱，对人的热爱，对生命的热爱。也因为你的谈话我更加地确信，只要有人类存在，有生命存在，有死亡存在，有新的消亡和诞生存在，那么人类的精神创造就会永远继续下去，它将伴随着人类成为一种每天都可触摸的真实的现实。

今天原想是两个小时的交流，没有想到时间已经过去三个小时了，非常感谢你的慷慨、智慧和睿智，尤其要感谢你在这三个小时中给我带来的愉悦和感动，我相信我们今天的对话让更多的朋友看到后都会产生由衷地共鸣，谢谢！

阿多尼斯 > 感谢你，这都要归功于你。

（录音整理：薛庆国、盛一杰）

✎ 阿多尼斯与吉狄马加对谈

✎阿多尼斯与吉狄马加合影

Lu Xun Academy of Literature

中外作家第三次研讨会
中国声音与世界表达

International Writing Program

中国声音与世界表达

中外作家交流研讨会

International Writing Program 2018

时　间 – 2018 年 9 月 29 日（上午）
地　点 – 中国作家出版集团会议室
主持人 – 施战军（《人民文学》杂志社主编）

中方出席嘉宾

施战军	《人民文学》杂志主编、《人民文学》外文版主编
徐　坤	《人民文学》杂志副主编
石一枫	作家
陈楸帆	作家
李兰玉	《人民文学》杂志编辑、《人民文学》外文版副主任
王　杨	《文艺报》记者
黄少政	英美文学翻译家

外方出席嘉宾

克里斯托斯·克里索波洛斯 Christos Chrissopoulos	希腊小说家、诗人
加布里埃·迪·弗朗左 Gabriele Di Fronzo	意大利小说家
杰妮娅·兰碧堤 Ginevra Lamberti	意大利小说家
杰夫·惠勒 Jeffrey Michael Wheeler	美国畅销书作家
卡雅·阿达维 Katya Geraldine Adaui Sicheri	秘鲁小说家、编剧、摄影师
马瑞科·可塞克 Marinko Koscec	克罗地亚小说家
塔卢拉·弗洛雷斯·普列托 Tallulah Flores Prieto	哥伦比亚诗人
李莎 Patrizia Liberati	意大利驻华使馆文化处文学、戏剧项目负责人

中外作家第三次研讨会
中国声音与世界表达

时　间：2018 年 9 月 29 日（上午）
地　点：中国作家出版集团会议室
主持人：施战军（《人民文学》杂志社主编）

施战军 > 首先我代表《人民文学》杂志，向各位国外著名作家的到来表示热烈的欢迎！

我先介绍一下《人民文学》:我们的单位名称是"人民文学杂志社"。这份杂志创刊于 1949 年 10 月，与中华人民共和国一同诞生。创刊时候我们的国家主席毛泽东为我们题字，希望有更多好作品出世。《人民文学》到明年就七十岁了，是非常老牌的、中国最著名的文学期刊。《人民文学》的历史就是中国当代文学的历史。这份杂志将近七十年的历史奠定了它的地位和影响，中国最著名作家的成长、他们作品的发表和传播都与我们的杂志有关。

经过了多年的发展，随着国家发展以及中外文学交流的加深，我们 2011 年开始尝试创办外文版。最早就是英文版，后面还有刊号。目前我们以英文版为主，每年英文版出得最多，其他语种我们一共发展了十种。从 2016 年开始，《人民文学》外文版逐渐在国外落地出版，著名的出版社开始出版我们杂志的外文版，它们成为在国外图书市场流通的一种文学刊物。这就是国外落地的样本，陆陆续续在做，今年我们大概七个语种落地出版，现在还有越南文版同时在中国和国外出版。

我们的外文版有一个很特殊的情况：外文版的编辑团队、翻译的专家都是外国人。比如意大利文版，每一版后面都有翻译家的照片和简介，每个翻译家团队都有一个领导来协调、管理他们。比如今天在座的负责意大利文版的李莎，她是中国通。我们每一期的杂志出来以后，都要做一些活动，每个版本都在相应国家的驻华使馆做过活动。意大利文版做过多次活动，而且每次活动都很成功。

之所以由国外专家承担全部翻译工作，原因在于我们想让中国故

施战军

《人民文学》杂志主编
《人民文学》外文版主编

事、中国文学作品经过翻译更接近外国当地的语言、趣味、感觉，以更易于传播和接受的方式，既保持中国故事的内核，同时在接受上更符合国外的审美取向。我们办这些语种杂志的过程中既收获了友谊，也收获了传播的乐趣，我们为中国和国外文学的交流做了很多实际的事情，这一点我们很自豪。举个例子，我们杂志有很多作品是中国著名作家写的，他们很多人在国际上已有很大影响，但大部分是中国年轻作家的作品，我们刊物让他们的作品第一次变成外国文字，受到很多外国专家和出版机构的关注，他们通过这个杂志找作者签约，这种例子不胜枚举。

我们做这份杂志很明显地看到，近几年整个世界的文学交流正在发生一个变化：过去相当长时间以来，中国的读者、作家对国外各个区域、国家的创作情况相当熟悉，中国翻译外国文学作品的热情和所做的实际工作非常突出，中国作家对世界文学一点不陌生，尤其年轻人。国外对于中国文学的了解，相对来说少之又少。这几年类似这样的工作开始以后，状况有所转变，但是目前需要做的工作还是太多太多。

下面我向大家介绍一下参会人员：

徐坤是我们《人民文学》杂志社副主编，著名作家，鲁迅文学奖的获得者；
李兰玉是《人民文学》杂志社的编辑，外文版副主任；
著名学者李莎，现在负责意大利文版，编辑总监，著名的翻译家，中国很多的文学名作都是经过她的手推向世界；
王杨是《文艺报》记者，她是《文艺报》负责外国文学、海外华人文学的编辑报道总管；
石一枫，刚刚获得鲁迅文学奖。他的工作单位是与我们一样有影响的杂志——《当代》杂志；
陈楸帆，中国青年作家最具国际影响的一位，他的创作题材我们似乎可以归为"科幻文学"，事实上是"人类文学"。他现在是世界华文科幻协会的会长。他也是我们《人民文学》的作者。我们有一期专门的英文杂志叫作《未来》，那一期杂志影响非常大，现在这本杂志的库存不超过五本，已几乎全部售完。它被很多语种重新翻译，在国外传播得很广，这期收录的几乎都是中国年轻的科幻文学作者的作品。如今他们在国际上都有着各自的影响，有的甚至获得过国际科幻最重要的奖项；
以及鲁迅文学院的吴欣蔚主任。

今天也有几位鲁院国际写作计划的外国专家到我们这儿来，他们分别是：克里斯托斯·克里索波洛斯、加布里埃·迪·弗朗左、杰妮娅·兰碧堤、杰夫·惠勒、卡雅·阿达维、马瑞科·可塞克、塔卢拉·弗洛雷斯·普列托等。

下面我们进入座谈会主题，我们的杂志有一个办刊理念："中国文学，世界表达"，换成更文学性的说法，就是今天研讨会题目"文学：中国声音与世界表达"，让中国文学用世界都能认同的一种情感方式，让世界各地读者能够接受，就像把各位作品翻译到中国来，中国读者从中依然能够意会，能够喜欢一样。

今天我们的研讨既有确定的主题，又有自由的空间。毕竟还是一个座谈会，所以还是要从发言开始，所以我们还是先请希腊作家、诗人。

克里斯托斯·克里索波洛斯

克里斯托斯·克里索波洛斯

Christos Chrissopoulos
希腊小说家、诗人

> 我相信，今天在这里代表第三届国际写作计划的外国作家发言，我们都有幸成为你们的客人——进驻鲁迅文学院，我们都把这次北京之行视为探索和知识的旅程。有一连串的问题需要求索。就我个人而言，下车伊始，我就为中国文化的宏观面貌（语言，人民，城市景观，生活方式……）其独特性和多样性深深着迷。我也意识到，面对这种跨越如此久远时空的文化，其如此深厚的底蕴，如此广博的幅度，足以令一个初来乍到的外国人心生敬畏。但与此同时，当我以一种求知好奇的心态环顾四周时，我开始质疑我对自己的本土文化，对自己以及对他人的理解的看法，预设和理解。

我觉得这也是文学之所以存在的基本方式——对迷惑不解周遭的世界进行发问。文学让我们质疑自己，质疑我们对周围世界的现存的理解，同时文学也具有一种能力，即向我们揭示构成我们自己的身份和他人身份的那些事物。

所以，一看到本次研讨会的题目"文学：中国声音与世界表达"，我就问自己：这个中国之声对我来说意味着什么？我对此又了解多少？而一旦中国声音在我耳畔响起，它要对我说什么？此时此刻，我才意识到，实际上我对当代中国知之甚少。或者我应该说，除了对中国政治历史、传统以及我们当前政治和经济新闻的形式的一般了解之外，我知之甚少。同样，我对当代中国文学知之甚少。

那么，我如何回答这个问题，即当今中国文学对世界文学有什么贡献呢？中国声音在世界文学大合唱中，带来了什么益处？答案非常明显。通过思考中国人自己的困境，问题，愿望，恐惧和挑战，中国作家可以帮助中国以外的人群理解他们自己的困境，问题，愿望，恐惧和挑战。值得中外作家审视的共同问题如下：

世界的本质就是变动不居，那些置人类社会永远处于应对不暇的境地的根本问题是什么？

世界各国在一个相互关联的世界中，面临哪些共同的政治挑战？

在人类众多分层社会中，哪些矛盾和利益冲突更尖锐？

基于种族，性别，国家，经济，阶级，社会等种种因素，人类形成了哪些排除性的安排和等级制度？

个人作为社会之人，为争取个性和集体观念发生怎样的冲突？

经济作为社会的一股力量，如何愈来愈一家独大？

技术给我们的环境带来了怎样的挑战？

我们如何理解时间，记忆和传统？

我们如何编写和重写历史？

艺术如何表达，探索，理解和讨论我们在现实中的感觉和地位？

所有这些——以及将我们与生存问题联系在一起的内在的人类状况：关系，父母身份，爱情，暴力，老龄化，死亡等都是全世界作家共同关注的问题。文学可以为我们提供一种工具（不是唯一的，甚至不是最敏感的工具，而是一种非常特殊的工具），用以构建某种可供人类暂时栖居的场所。这个场所也就是一个权宜之计。一个租来的房子。很快还得迁移。不久，我们将再次感受到它的不合时宜。需要找到一个新的地方。它就是在不断寻找能够适应我们的困境，回答问题，满足愿望和平复恐惧的世界的过程中，中国作家可以与世界各地的作家一起，做出自己的贡献。我们在这个会议室的研讨——以及我们几天前已经举办的第一次研讨会——都证明，无论用什么语言，从世界的哪个角落，作家都可以找到共同的议题各抒己见。正是在这个基础上，语言正在努力成为生活的有形元素。作为一名作家——我以为——我

们应该明白作家这两个字意味着什么，以及作家应该承担的责任。（黄少政 译）

施战军 > 刚才克里斯托斯·克里索波洛斯先生提出了十个问题，这也是中国作家一直思考的问题，我们从文学角度思考世界上人们的过去、现在、未来。文学是一种世界语言，我们完全可以看到世界上所有的作家都在思考、比较对于生命来说非常崇高的课题，听到您的发言感到非常亲切、非常受启发。我们办诸多语种的外文版，每一期外文版都有一个基本主题，这些主题和您的十个问题之间都有关系。

接下来请我们著名作家、学者、文学博士、《人民文学》副主编徐坤发言。

徐坤 > 欢迎各位来到人民文学杂志社做客，也欢迎大家来到鲁院国际写作计划。我自己也写小说，见到同行特别高兴。

今天我们的研讨会有很大一个主题："文学：中国声音与世界表达"，我想从最小切口出发来谈一下。身为一名中国作家，我们现在的写作在一个互联网发达的全媒体时代有什么用处？我自己的作品曾经被翻译成各种国外版本，像李莎老师意大利文版收过我的《厨房》《旅馆》短篇小说。

前阵子有一位加拿大的汉学家想翻译我的作品，过来一定要和我聊一下。我感到很奇怪，我问他，现在全世界信息交流这么发达，所有发生的事情瞬间就可以通过互联网、推特、facebook 被大家知道，为什么你还会对我们中国作家的文学作品感兴趣？他说，我们确实能够在互联网上得到好多东西，但是那些仅仅是信息，是碎片化的、零散的资料。但我们通过作家的作品，能知道你们中国人内心究竟在想什么，可以了解你们整个的思想感情的脉络，包括其中的欢笑、哭泣、兴奋、愤怒，各种情感都会在文学中找到完整的表达。

我觉得他说的非常有道理。现在中国已经是世界第二大经济体，发展非常快。西方一百

徐坤

《人民文学》杂志副主编

年走完的路程，我们四十年就走完了。我们处在一个大时代，日新月异，飞速变化。作家如果按照新闻的方式来写，追着写生活是追不上的，但文学的优势就在于第一是它的"慢"，第二是"深度"，第三个是"广度"，新闻停止的地方，正好是文学的起点。

互联网及其他全媒体提供给我们迅捷的、碎片化的信息，作家对它们进行整合、归纳，然后进行深度的挖掘。文学最终的目的是要写人心，世道人心。我们通过彼此的阅读，发现中外作家关于人类的想法是共同的，所以在读到莫言等获得诺贝尔奖作家的作品时，全世界读者能产生共鸣。基于这一点，我们这些写小说、诗歌的作家、诗人，才找到强大的存在的依据和理由。所以我们很自豪，也很自信。《人民文学》也是基于这一点，立足于表现当下中国的现实，今年开辟了一个专栏，叫作"新时代纪事"，不断通过这种方式向全世界发出中国的声音。我也想借此机会，向各位作家发起邀请，希望你们有更多机会到我们这里做客、交流。

施战军 > 刚才徐坤的发言涉及到我们每个人都面临的问题，即，哪些是信息？这些信息和文学有着怎样的关系？我们现在的思维跟过去相比有了一些变化，过去我们的二元对立的排斥性思维比较多，现在我们把庞杂的信息作为原料来化解。我们对现实的看法、对人心的看法、对世界的看法，有时候和信息的复合和融合有很大关系。我们今天请来的这几位中国作家，他们都带有这样的特色：没有脱离身处其中的世界，但是他们的思考是超越穿透世界一些表象、带有本质性的思考。

请意大利的作家阐述一下他的看法。我到过意大利，我们对意大利文学感到特别熟悉，我跟意大利从事创作的人交流，当我说出

一大串意大利作家、诗人的名字的时候，他们感到很惊讶。他们说到孔子、老子、李白，还有莫言，就再也说不出来。说明我们交流之间展现出你们认知上还是有缺陷的，他说对。

加布里埃·迪·弗朗左 > 1985 年，哈佛大学邀请伊塔洛·卡尔维诺为即将到来的学年举办六次讲座。这些讲座统称"查尔斯·艾略特·诺顿诗歌讲座"，最早设立于 1926 年。卡尔维诺是第一位受邀的意大利作家。此前受邀举办同一个题目讲座作家中，有 T.S. 艾略特，伊戈尔斯特·拉文斯基，豪尔赫·路易斯·博尔赫斯和奥克塔维奥·帕斯。

仅举几个著名的例子。

卡尔维诺在他的松树林中的别墅里，起草了五节课的讲稿，这个别墅位于托斯卡纳罗卡马雷村,距海平面只有六米,卡尔维诺生前,经常携妻子来这里避暑。第六个讲座,他原打算在驻校(哈佛大学)期间去写。然而不幸的是,卡尔维诺在那个夏天遭受了致命的中风,美国之行根本没有成行。第六课原来准备写文学的恒定性,但因为脑溢血离世,一直没有写出来,其他五个讲稿（轻，快，精确，形象，繁复）被称为下一个千年的六个备忘录。在第二讲"快"中,卡尔维诺讲了一个中国故事：

庄子虽才学渊博，终生只做过一个漆园吏的小官。一天国王让他画一只螃蟹。庄子回答他需要五年时间，一所乡间别墅和十二名仆人。五年后，答应画的螃蟹八字还是没有一撇。"再给我五年时间。"庄子说。国王还是应允所请。眼看十年到期了，庄子拿起画笔，一挥而就，这只螃蟹成了有史以来最完美的螃蟹。

加布里埃·迪·弗朗左

Gabriele Di Fronzo

意大利小说家

这个故事看似夸张，其实，五年确实不足以画好一只螃蟹。动笔之前，可能就会隐约觉得哪里不对头；画错也是正常的；如同英格伯格·巴赫曼所说的那样，穷尽数年，苦心孤诣，灭除"业余主义的细菌"；但是，与此同时，也应该表现出一定的坚定性，修复不完美的时间一旦用罄，该动手就要动手。每当我们画一只螃蟹——如同每次我们开始写作——都会体验到新的不适。

菲利普·罗斯曾经说过，"不知道该写什么固然够糟，有了主题，不知道如何往下写更糟"。我们都知道确定了主题，剩下要做的岂止是艰辛二字可以涵盖。例如，多萝西·帕克（Dorothy Parker）写下五个单词，却已经删去七个单词！写作《包法利夫人》时，居斯塔夫·福楼拜整整一周的时间，才写了五页不到；星期一、星期二两个整天，只写出两个句子。罗兰·巴特（Roland Barthes）说得好，作家为作品付出的心血，简直是"残酷"。

庄子画螃蟹，乍一听，似乎得来全不费工夫，优雅得很，然而，纵使天才如庄子得之，也是一个漫长而深思熟虑的过程，才能画得好，画得准。作家谈及自己的佳作，推敲来推敲去，方方面面思前想后，最后才动手完成，旁人不解其中奥妙，还以为这一切轻而易举。保尔·瓦雷里就曾写道："Il fautê tre lé geralell'oiseau, et non comme la plume"。一个人必须像鸟一样轻，而不是像羽毛（双关语，笔）那样轻。鸟儿可以飞往任何它们想要去的地方。另一方面，羽毛的命运最终会在风引导的地方结束。而且，根据纳博科夫所说的"诗歌的精确性和科学的直觉"，写作更像飞动的鸟而不是静止的羽毛。

而且，这里时间长短并不是关键。虽说给了十年时间，也不一定就能画好一只螃蟹。不用十年也可能就能画出来。乔治·西蒙农写东西之前十一天，就不再承接任何工作；他会打电话给他的医生，检查一下他的血压，只有当他证明自己健康时，他才会开始写作。他将在恍惚中度过那十一天，然后小说就会完成，他的血压会下降。

另一个例子：伊丽莎白·毕晓普花了两个不眠之夜来写《村庄》，同时她受到可的松组合的影响，外加饮杜松子酒和滋补品，治疗严重的哮喘发作。你看，每个作家面对自己的螃蟹，应对各个不同。

在什么时候，人的心境才适合动手画一只螃蟹？据说，查尔斯·狄更斯在写作的时候，常常笑得前仰后合，但是如果他的一个角色死了，他也会哭成一个泪人。格雷厄姆·格林表示，作家必须在自己的心脏中置放冰块。在开始写作之前，杜鲁门·卡波特擦干眼泪，破涕为笑，据他说，作家必须以"刻意，冷酷"的方式处理自己奔放不羁的万千思绪。庄子可能会同意后者。平静随着时间的推移而变得精致，冷酷至关重要。

"新闻永远是新闻"，埃兹拉·庞德以此区别新闻和文学。作家就是这样，该笑就笑，该哭就哭，写作的日子是熬出来的，最后画出比生活中的螃蟹更像螃蟹的螃蟹。作为小说家，谈论绘画已经越界了。我也不是中国文学方面的专家，比如汉学家彼得·基恩，他是艾利亚斯·卡内蒂作品《Auto-da-Fé》一书中的主人公。基恩有个习惯，如果他的背包中没有装满书，他永远不会出门。我在这方面和基恩是相同的：我的周遭全是书，书可以防身。今天，通过阅读同行的作品，我在尝试向我自己解释——同时也和同好们一起分享——庄子画蟹故事背后的启示。（黄少政 译）

施战军 > 从您的发言中可以看出您的渊博。在我们的印象里面，意大利的作家从古到今都很渊博。我大概在十五年前曾读到《未来千年文学备忘录》的中译本，相信中国的写作者都很熟悉这部作品。七八年前，我在中国社科院和意大利另外一个作家有过对话，所以您刚才提到那些名字以后，我们感觉很亲切。文学是神奇的世界性存在，它使我们大家都能互相沟通，拥有共同的话题。下面有请目前在中国最活跃、最著名的青年作家，他不仅是北京大学文学硕士，同时也是翻译家，曾经翻译过国外文学作品到中国，也是大家非常关注和喜爱的青年作家。请石一枫发言。

石一枫 > 感谢大家！我来到这里，首先还是向《人民文学》杂志表示敬意。《人民文学》杂志是中国作家心目中的圣殿，如果作品登上这个杂志，我们就会感到作家没有白当。前一阵听说这个研讨会的消息，我感到非常有缘分，缘分很奇妙。我很多年前翻译过一本英语小说，叫作《猜火车》，是苏格兰作家欧文·威尔士的作品，其中有一个中译版是我翻译的。前两天出版社的朋友告诉我说，我的小说有一本将要被译成英文，恰好由一位爱尔兰翻译家翻译。这很有缘分。

石一枫

作家

说起今天讨论的话题"文学：中国声音与世界表达"，首先我非常赞同徐坤老师的说法。人类各种门类的智慧结晶或者说智慧工作，都担负不同的功能，哲学有哲学的功能，历史学有历史学的功能，文学有着文学的独特功能，新闻也有新闻的功能。比起经济学、社会学、历史学，我们要了解一个陌生国家，比如美国，通过经济学、社会学、历史学，我们可以了解这个国家是世界上最发达富有的国家，了解到美国有二百多年历史、打过内战，了解美国社会有这样或那样的优点和问题，但如果想真正了解一个活生生的美国人，我们恐怕还是要读美国作家的作品。我们都非常崇拜的巴尔扎克被称为19世纪巴黎的书记官，但是他所记录的并不是建筑的巴黎、经济的巴黎、变化革命的巴黎，而是活生生的人的巴黎，他记录了那个时代的法国和法国人。我认为，假如一定要赋予文学一个功能，便要赋予它这个功能：文学让我们认识活生生的人，让一群活人认识另一群活人。

中国有一句老话"文变染乎世情"，文学的变化是和社会、人民日常生活的变化相联系的，文学的变化取决于社会和日常生活的变化。我们生活在今天这个时代，对于我这样一个生活在北京的人来说，我们将要面对的最大事情、最大一个社会变化是什么，我们这个时代最大社会的特质是什么？我觉得这个特质恰恰与整个人类生活紧密相连——这个特质在过去几乎是无法想象的，像中国古典小说《红楼梦》中有晴雯给贾宝玉补孔雀裘的情节，这个孔雀裘是从俄罗斯过来的，但这在中国古代是像神话一样几乎不可想象的场景。但是在今天的中国，我们所在的最拥堵的东三环，如果楼下有一个超市，也许有一个北京的退休老头正在为今天做饭选择买花生油还是豆油的时候，他会关心豆油有没有随着贸易战而涨价，以及花生油转基因是不是对我们的健康不好。这是一个很简单的例子。我们这些朋友来自各个国家，每个人生活中的日常细节，也许会和我们的国家有关系。比如说克罗地亚的朋友，在进入世界杯决赛、举国狂欢的时候，每个人拿着克罗地亚的国旗、莫德里奇的人偶，这些都是我们浙江义乌的工人朋友熬夜加班做出来的，他们工厂的老板先预测克罗地亚会不会进决赛，考虑造一万个莫德里奇的人偶还是梅西的人偶，而最后他们选择了莫德里奇。在日常生活中我们可能习焉不察，但如果真的关注它们，便会感到震惊：我们全世界，非常细碎、具体的日常生活凭借这些蛛丝马迹紧密相连。

还是说回到文学。我们今天的文学确实在一个共同的场域中。我非常喜欢海明威的的长篇小说《丧钟为谁而鸣》，开篇引用了约翰·唐恩的诗："整个大陆连成一片／没有一个人是孤立的／当丧钟为谁而鸣／丧钟为所有人而鸣"。那个时代把人类紧紧连在一起的事情，往往是战争，是巨大的历史事件。但是在今天，能够把整个人类联系在一起的，是一些非常细碎、具体、与日常生活紧密相关的事物。我觉得这种具体的变化影响着我们的写作。

刚才意大利朋友说画螃蟹，他举了很多画螃蟹的的办法，庄子当然是需要十二个仆人养他十年，我也希望（笑）。他还举了狄更斯等作家在"画螃蟹"的时候竟做了怎样的准备。他们有的人很艰苦地准备，有的人甚至酗酒，写出《在路上》的凯鲁亚克为了"画螃蟹"所做的准备甚至连警察都不会允许。对我来说，"画螃蟹"的准备不太像是准备，我的准备就是：认真地过我的日常生活，去想我们的生活和谁有关，我的生活和谁有关，这样关系怎样发生，我和世界上的与我近的人发生怎样的关系，与我远的人发生怎样的关系，面对那些对我而言远在天涯海角的人，我们实际上发生怎样的关系。当我能理解这些离我近的或远的人与我之间关系的时候，我觉得我可以"画螃蟹"，可以写作了。

归根到底，还是一句话，我觉得人类生活就是紧密相连的，文学在某种意义上让我们把这种联系写出来。就今天的话题来说，让国外朋友认识到中国的人们与他们的联系，让中国人认识到我们与世界的联系，并把日常非常微妙、细碎的联系呈现出来。从这个角度来说，文学的作用就达到了。

施战军 ＞ 通过石一枫的发言，我们能感受到，作家就像难以被捆绑的螃蟹。石一枫张开了思考的钳子，让我们感觉作家是很了不起的螃蟹。

我们愉快的交流还要继续，接下来有请塔卢拉·弗洛雷斯·普列托。

塔卢拉·弗洛雷斯·普列托 > 提一个问题。昨天我们参观了书店，里面有很多中国当代诗人的作品。哥伦比亚 5 月有很多诗人来访，那里也会登载中国诗人的作品，我很愿意阅读中国当代诗人的作品。我想知道，在书店里能否买到中国当代诗人作品的英文译本？

施战军 > 我们杂志每期都有诗歌，量不是特别大。中国文学作品的英文译作，可以到王府井的外文书店去看，也可以关注外文出版社。

下面有请来自美国的杰夫·惠勒，我也是他的读者。我们知道他与《哈利·波特》的作者一样，他的作品具有魔幻和科幻的色彩。下面让我们倾听杰夫·惠勒的想法。

杰夫·惠勒

Jeffrey Michael Wheeler
美国畅销书作家

杰夫·惠勒 > 这次来中国我感到很惊喜，今天大家的讨论对我很有启发。我一年写三本书，为了达到这样的写作速度，我必须把自我批评、自我怀疑的部分忽略，这样我才能集中注意力文思泉涌。贵社给作家们提供了很好的平台和机会，让他们的作品被人们熟知。作为作家的同时，我也办每三个月出一期的期刊，邀请全球的奇幻、科幻专家向世界分享他们的故事。这次我在鲁迅文学院遇到学员，他们也想向我的杂志投稿。通过这种分享，世界正变得越来越小，无论你写奇幻还是写实作品，我们都是在用共同的语言交流。

施战军 > 您是一位作品在全球广为流传的作家，中国年轻读者对您的作品有着很高的期待，您的作品在中国会有很好的市场。此外，您办一份期刊，刊登奇幻题材作品，表达人类的想象，这也是一个非常有意思的现象。办期刊的目的就是要发现作者，在这个基础上不断会有带着某种倾向的作家产生。期刊是非常好的平台，希望你们能多增加交流。我们英文版总监艾瑞克，他翻译了一些南京的作家作品，上一期《纽约客》就有他翻译的作品。现在进入世界的通道越来越多了，进入有影响的通道正是我们所愿意看到的。

下面有请科幻文学领军的青年作家，陈楸帆博士。

陈楸帆 > 非常荣幸来到这里跟各位见面。首先要感谢施主编把我的写作定义为人类文学、人类小说，这对我来说是一种解放。接下来，我还是会用科幻小说这个概念描述我最近的一些思考和经历。

过去一个月里我去过很多地方，硅谷的圣何塞到乌拉圭的圣何塞，再到天津达沃斯论坛，遇到很多作家、读者、科学家。他们对中国科幻很有兴趣，这让我非常惊讶。大家知道，科幻小说源起于英国，在美国发扬光大，在全球市场占统治地位的还是英美科幻。对中国来说，科幻文学是非常年轻的门类，离现在只有一百年的历史。科幻小说在中国历史上的每次兴起都与社会变革有密切的联系。比如在晚清、改革开放，新千年之后爆发的科技热潮，都引发了科幻小说的兴起。

所以每次科幻小说在中国受到重视，都与思想的解放、生产力的解放以及文化的解放有密切的关系。但是这次最新的热潮，不仅体现在国内，也体现在国际上。有一个问题我遇到很多次：为什么中国科幻小说受到这么强烈的关注和兴趣？我觉得可能是有几个方面的原因。

从宏观角度来看，我认为与当下的中国在国际格局里的状况和变化密切相关，我们国力的提高、经济和文化上地位的上升让更多西方人了解当代中国，了解中国对于未来科技

陈楸帆

作家

和宇宙的看法。过去很多外国友人其实是从功夫电影、中国美食等传统的方面了解中国，而科幻小说更多描绘的是面向未来、面向科技的中国社会的面貌。甚至有一本名叫《外交政策》的杂志来采访我，想了解中国科幻小说里关于世界格局的一些看法，他们可能是试图从中了解中国今后外交方面的政策。

从更微观的层面来看，科幻小说其实是一种更具有普世价值的文学门类。我收到很多读者的来信，他们来自世界各地。我有一篇作品《鼠年》，讲的是一群大学生被征召入伍，消灭一些经过基因改造的老鼠的故事。这个故事被翻译成日语，发表在日本的科幻杂志上，后来被选为当年最受欢迎的海外小说。这让我非常惊讶。年轻人在社会中难以找到自己位置的感觉，可能在日本相当多的青年那里产生了共鸣。我还有一篇短篇小说，讲的是北京雾霾。有一天我收到来自美国中部地区一个小城市读者的来信，写得非常长。信中说："非常理解您在小说中写到的关于北京污染的种种问题，我所在的城市就是重污染城市，所以我感同身受。"那一刻我感受到了一种跨越地域、文化和语言的想象共同体的力量。在不同世界的角落里，其实一说起外星人入侵或者世界末日，我们都不需要做过多解释，就能进入相同的语境里。我们分享的共同情感、对人类命运共同体及个体境遇的关注，使我们紧紧地捆绑在一起。这也是这么多人关注中国科幻的一个原因。

与此同时，我在不同的场合也会问这样的问题：中国科幻究竟和美国、英国科幻有什么不同？它的"中国性"表现在哪里？我不得不说，对于很多中国科幻故事来说，如果把背景置于外国，或者把人物换成外国人，它同样是成立的。我在这里想讨论的"中国性"，不是指文字表层上的中国元素。无论故事发生在深海还是外太空，无论在亿万年前侏罗纪还是宇宙末日，大家都从故事背后感受其文化的根基和精神的脉络。我想探讨的是"中国性"在科幻小说中的呈现方式，它有可能是"天人合一"，有可能是"和谐之美"，有可能是一种非线性时间的观念，也有可能是人与人之间隐秘、不外露的感情表达方式。无论它是什么，我们现在在创作上的探索远远不够。

相比于中国对世界科幻小说的关注，我们还没有足够多的作品可以拿出来被世界关注。一方面当然是由于中国科幻文学的"年龄"还比较小，我们作家群体也很小，相比美国和英国，我们国家科幻作家人数与庞大的人口基数是不成比例的。此外，科幻写作者可能一定程度上忽视了科幻小说作为文学应该具备的品格。在我看来，科幻小说是介于科技与人文之间的连接物，它需要从最先进、最前沿的科技中吸收灵感，同时也需要从深厚、庞大、精微的文学经典中汲取能量。我觉得真正优秀的科幻作品永远都关注着现实问题，无论它写的是什么时空。这也是我提出"科幻现实主义"这样一个概念的原因，我希望更多人将这种问题、意识集中在我们当下的困惑和我们可能面临的挑战上。我相信中国问题绝对不仅仅是中国问题，而中国的想象性解决方案可能将成为世界想象的解决方案。

非常感谢大家！希望以后我们能够在"想象的共同体"中多多交流，分享我们美好的想象力。

施战军 > 楸帆完整表达了他的观点，这些都是我们在思考的关键性问题，比如说科幻小说和世界、人类的关系，科幻小说的内核与中国文化之间的关系，以及更关键的科幻与现实之间的关系。他的思考也代表当下的中国青年作家，尤其是科幻作家的思考。中国现在活跃的科幻作家可以分为三代人，第一代以王晋康先生为代表，第二代就是刘慈欣等中年作家，更年轻的就是陈楸帆这一代。《人民文学》发过两次科幻文学小辑，这些作品不仅是科幻，更重要的是，它们是一种文学。从这个角度我们将其推广，让读者更多地认识它们。目前来看我们需要做的工作还非常多，希望我们以后能够把它做得更好。

下面有请马瑞科·可塞克。

马瑞科·可塞克 > 我想谈谈我的观察和问题。大家说到关键词"普世"，分享相同的情感，人们之间互相理解，我部分同意这个观点。如果它是全部的事实，我们就没有必要把小说从一个国家翻译到另一个国家。我觉得最重要的问题是一个国家的文学与其他国家文学的区分度到底在哪里，它们之间有什么区别？我特别欣赏陈先生提到的问题，中国的科幻小说跨越时间和空间，让我们看到中国文化的根基，这个问题特别有意思，我也同意。其实我们真正想读到的其他国家的文学，是那些让人惊奇的、与我们不同的部分。这或许正是《人民文学》杂志的意义所在：它让我们看到更多从未耳闻的、完全不同的作家。当我读我们国家作家作品的时候，我同样发现很多作家与我的写作目的、写作手法很不同，因此即使在同一个国家，我们也不是在用同一种"语言"写作。

我问一个问题：我关注中国多年，对于中国快速发展、取得的成就怀有敬仰和好奇，有时候也会担心，中国未来究竟何去何从？我们知道，任何事物都不会永久成长，快速发展的事物可能会突然走向覆灭。我关注中国社会的高速成长，对于中国社会、对于世界有什么影响？我也想知道，中国当代文学有没有反映出对中国高速成长的焦虑？

马瑞科·可塞克

Marinko Koscec
克罗地亚小说家

石一枫 > 这也是文学的基本精神吧。在中国经历快速经济增长之后，人的生活状态确实发生了天翻地覆的转变，但同时也产生了一系列的问题，比如社会问题、人的伦理关系问题、环境保护问题。很多科幻小说写的是环境保护问题，所有对于这些问题的反思，对经济快速增长给人们既有生活的破坏的忧虑，在中国当代文学里面成为相当主流的话题。大部分作家有这样的精神，他们反思增长本身带来的问题，这是很客观的现实。

从上世纪 80 年代到今天，已经近四十年。中国重要的作家通过作品反思经济增长，反思经济增长和人生活之间的关系。每个人都想过上快乐、美好、幸福的生活，经济增长一个方面给人们带来物质基础，另一方面侵蚀着我们的内心生活，这里面非常复杂、矛盾的关系在中国重要的文学作品中是有所反映的，比如莫言、余华的作品。我以前读过徐坤老师的一篇作品，她写了这样的故事：一家东北人富了之后回家过年，但他们之间的关系全都变了，虽然富起来了，但大家吃年夜饭时心里还很寂寞。这样的表现对现代生活和高速发展经济、对明天不可预测的焦虑和担忧，在中国作家的作品中不少见。

这份杂志的外文版包含各语种，大家看过中国作家的作品就会发现，我们思考的基本是同一个问题。

马瑞科·可塞克 > 到了您这一代，写作可以畅所欲言吗？

石一枫 > 我想写的东西都能写。对于我所焦虑的问题，我可以直接写，写出对它们的关切。我所关心的人们的命运，我都可以把他们的故事写出来。中国文学从来就有这种社会关怀，批判现实主义也是它不断发扬光大的传统。

施战军 > 石一枫的创作个性很强，他在中国作家里是一位不一样的作家。关于您刚才提出的问题，中国文学有它自己的特质，中国作家中每个人都有其不同的个性。

卡雅·阿达维

卡雅·阿达维

Katya Geraldine Adaui Sicheri

秘鲁小说家
编剧、摄影师

> 刚才讲到的庄子画螃蟹的故事，让我感到非常优美。我想就这个故事谈谈我的想法。有一位我非常喜欢的阿根廷作家，他曾说："我停止写作那天就是我的死期。"去年我在阿根廷的时候，见到了一位国宝级作家，那时他已经八十岁高龄。我有机会采访他，听他说他的生活和故事，我问他说：您对于那句"我停止写作那天就是我的死期"怎么看？结果他听我说的话就非常生气地拍桌子，说："这简直太荒谬了！"因为我们作家生活中还有别的东西，我八十岁还喜欢打台球，还喜欢骑车，写作本身其实并不重要，文学对作家来说才重要。我谨代表个人观点。我觉得我们生活的每一个时刻，都扮演着不同角色，一时你是螃蟹，一时你是海，一时你是画家，一时你是渔夫。

塔卢拉·弗洛雷斯·普列托

塔卢拉·弗洛雷斯·普列托

Tallulah Flores Prieto

哥伦比亚诗人

> 我很认同马瑞科·可塞克说的话。所谓全球化概念让很多作家、艺术家、诗人感到忧虑，他们也应该感到忧虑。如果我们的语言变成世界语言，那么我们带有特色的观点会消亡，这让我感到很恐惧。我可以接受全球化市场，并不代表我接受语言的全球化，因为那就是在剥夺作家的空间。现在我们国家有成百万难民，他们从一个地方流浪到另外一个地方，他们灵魂中的情感忧虑不为人知，我们把他们的想法译成西语，让更多人知道。

施战军 > 全球化的焦虑是无处不在的，但中国人对它的认知还比较清楚。我们认为全球化主要是经济领域的事情，文化领域则是各国有各国的文化。我们虽然生活在不同地方，我们内心焦虑、忧虑、担心、向往都是一致的。

徐坤 > 您的焦虑就是上帝的焦虑。

杰妮娅·兰碧堤 > 我有一个简短的问题：欧洲人强烈感觉到美国文化的影响。我喜欢美国音乐、电影、文学。中国的作家有没有感受到美国文化的强大影响？如何平衡本国文化跟美国文化之间的关系？

杰妮娅·兰碧堤

Ginevra Lamberti
意大利小说家

陈楸帆 > 我就是在美国文化和日本文化的强大影响下长大、喜欢上科幻小说的。

塔卢拉·弗洛雷斯·普列托 > 美国人实际上已经掠夺了我们国家人们的灵魂，这句话不是开玩笑。当然我也非常尊重您的观点。

4

陈楸帆 > 我看过一部美国连续剧,讲的是哥伦比亚的故事,名字叫《毒枭》。当我与哥伦比亚作家交流的时候,他们会告诉我,那部电视剧美国人的编剧完全是失实的,他们很不喜欢。他们推荐我看哥伦比亚的电视剧。

我长大之后意识到,全球化其实就是美国化。在我们的生活里,这时候感受会非常强烈,比如在消费领域,我们用苹果手机,看美国电影。票房最好的电影大多符合美国的模式,这是很危险的事情。

我的创作力图描绘一个更完整的世界图景,我的新作明年会在英国、美国、西班牙、德国等国家出版。它描述了一个基于现实的故事场景:中国有一个地方负责处理来自全世界的电子垃圾,这些垃圾百分之九十来自于美国。我们可以看到这样的链条:它能输出很多产品,但是不负责处理产生的垃圾。垃圾大多由发展中国家承担。我通过小说要探讨的问题是我们到底应该拥有怎样的生活方式,应该怎样去建立自己的文化的、价值观的标准。小说发表之后有媒体采访我,关于电子垃圾回收的话题。我觉得这样的故事发生在全球很多地方,亚马逊森林里原住民的文化语言正在慢慢消失,作家很多时候其实需要从少数派的观点出发,提醒人们不要忘记我们世界充满多元,尽管表面上看来现在是全球化的,但仍然有很多由不同个体、不同文化组成的人类的共同体。

徐坤 > 讲得非常好。全球化或是美国化,对于中国的当代经济生活的影响是非常巨大的。刚才陈楸帆举了消费的例子,说我们都用苹果手机。年轻一代人是吃着肯德基、麦当劳长大的,我们的生活方式受到美国很大的影响。尽管外来经济潮流对我们的影响如此巨大,对于我们中国来说,本民族的传统文化、儒家伦理道德的影响却是根深蒂固的。举个例子,外国小孩可以直呼父亲的名字,在中国如果一个孩子敢叫爸爸的名字,上来就是一个耳光,这在任何场合都不被允许。所以,中国无论怎么全球化,还得管爸叫爸,管爷叫爷。"天地君亲师"这种伦理道德永恒不变,一个民族的传统文化也会生生不息、延续下去。

李莎

Patrizia Liberati

意大利驻华使馆文化处
文学、戏剧项目负责人

李莎 > 我们生活中出现更多的是新闻。举个简单的例子，我妈妈在意大利看新闻，因为我在中国，她就总是关心中国新闻。新闻会报道中国发生的各种各样的有意思的事。她有一天给我电话说，张艺谋怎么有七个孩子？我说："妈，中国那么多重要的事情你就知道这个？"新闻是重要的，但我们应该对新闻保持警惕，新闻并不是客观的。文学是伟大的，文学才能讲真正的故事。

施战军 > 我们的对话就要结束了，这是一个遗憾，同时也留下了继续对话的可能。刚才的话题，可以以两位作家为例，一位作家是中国的现代作家老舍，还有一位是在中国生活很多年、写过一部非常重要的小说《大地》的作者赛珍珠，她曾得过诺贝尔文学奖。老舍当年留学英国的时候，他记录了英国人对中国人的看法：英国人认为中国人有两个特点，一个特点是长得很难看、黑瘦，道德品质差，夜里经常偷东西；另一个特点是中国人乱吃东西，比如吃老鼠，那时候在英国人的普遍印象里，中国人是劣等的民族。

恰恰在那个时候，美国女作家正跟着家人在中国大地上行走，他们定居在镇江，开始观察中国农民的生活。当她的小说在美国和世界各地出版的时候，尤其她获得诺贝尔文学奖之后，很多西方人才惊讶地知道：原来中国人也是人。这本书翻译的时候，中国正处在抗日战争时期，那个时候外国人发现中国人有性格、有规矩，对幸福美好的生活充满希望，不是他们想象中的劣等民族的样子。

这部小说让世界上的人们开始重新认识中国人，也意识到中国人的抗战必定会胜利。传说中的中国和中国人，和真实生活中的中国人不是完全一样。

今天话题的讨论也是为了让世界更好地了解中国，了解真实、全面、立体的中国和中国人。希望你们到中国更多的地方，接触更多人和事，更多地了解中国。今天非常感谢各位。中外专家在这里开座谈会，提出了很多问题，解决问题的途径也通过讨论展现出来。我们的讨论非常圆满，我们的思考会无限地延续下去。希望以后大家多见面，多交流，让我们这些从事文学的人把对世界的看法汇聚在一起，为人类的幸福提供更多养分。

✎ 研讨会现场

✎ 合影

✎ 研讨会现场

Lu Xun Academy of Literature

中外作家第四次研讨会
解读彩虹
—— 翻译的未来

International Writing Program

Lu Xun
Academy of
Literature

*International
Writing Program*

解读彩虹
——翻译的未来

中外作家交流研讨会

International Writing Program 2018

时　间－2018 年 10 月 9 日（上午）
地　点－鲁迅文学院芍药居校区
主持人－郭　艳（鲁迅文学院教研部主任、评论家）

中方出席嘉宾

邱华栋	鲁迅文学院常务副院长、小说家
郭 艳	鲁迅文学院教研部主任、评论家
黄少政	英美文学翻译家、学者

鲁院第三十五届中青年作家高研班学员

外方出席嘉宾

克里斯托斯·克里索波洛斯 Christos Chrissopoulos	希腊小说家、诗人
加布里埃·迪·弗朗左 Gabriele Di Fronzo	意大利小说家
杰妮娅·兰碧堤 Ginevra Lamberti	意大利小说家
杰夫·惠勒 Jeffrey Michael Wheeler	美国畅销书作家
卡雅·阿达维 Katya Geraldine Adaui Sicheri	秘鲁小说家、编剧、摄影师
马瑞科·可塞克 Marinko Koscec	克罗地亚小说家
塔卢拉·弗洛雷斯·普列托 Tallulah Flores Prieto	哥伦比亚诗人

中外作家第四次研讨会
解读彩虹——翻译的未来

时　间：2018年10月9日（上午）
地　点：鲁迅文学院芍药居校区
主持人：郭　艳（鲁迅文学院教研部主任、评论家）

郭艳 > 大家上午好！中外文学交流会现在开始。今天是重要的中外文学交流活动，主题是"解读彩虹——翻译的未来"。让我们用热烈的掌声欢迎外国作家。下面我来介绍嘉宾，他们分别是：

鲁迅文学院常务副院长、小说家邱华栋；
英美文学翻译家、学者黄少政；
希腊小说家、诗人克里斯托斯·克里索波洛斯；
意大利小说家加布里埃·迪·弗朗左；
意大利小说家杰妮娅·兰碧堤；
美国超级畅销书作家杰夫·惠勒；
秘鲁小说家、编剧、摄影师卡雅·阿达维；
克罗地亚小说家马瑞科·可塞克；
哥伦比亚诗人塔卢拉·弗洛雷斯·普列托；
欢迎各位的到来！

下面有请邱华栋院长讲话。

郭艳

鲁迅文学院教研部主任
评论家

邱华栋 > 首先，特别欢迎参加第三届中国作家协会鲁迅研究院国际作家写作计划的七位作家第二次来到鲁迅文学院的新院。时间过得非常快，转眼之间，我们的开幕式已过去将近二十天了。今天，七位外国作家将和中国的翻译家、作家进行非常精彩、有趣的对话。

今天这个题目是我取的，"解读彩虹"，有一点小小的诗意。就我的感觉和理解来说，彩虹有很多种颜色，从某种程度上来说，就像各种各样的语言。今天在座朋友的母语种类恰好和彩虹的七种色彩差不多，大概有七八种。如何"解读彩虹"是我们的翻译家、作家的重要工作。我们知道，光分为可见光和不可见光。可见光

邱华栋

鲁迅文学院常务副院长
小说家

是我们看得到的彩虹，不可见光包括紫外线、红外线等等。对于翻译工作来说，我们不仅要翻译语言中我们能看到的部分，与此同时也要创造性地翻译出语言里面存在却难以察觉的、肉眼看不到的部分，我想这就是翻译工作的巨大难度。也正因如此，我们今天的主题"翻译的未来"变得急迫而充满开放性，希望这个主题能够激发大家的思考。

翻译家在中国的处境非常微妙，比如说在一些大学里，翻译的成果不能被当作评职称的成果。上次我遇到《世界文学》主编高兴，他说，《世界文学》这么有影响的杂志在学术机构中国社会科学院中拿不到学术刊物的资金。这些都体现了我们翻译的处境。翻译的未来还有哪些可能性，包括我们面临的电子化环境中机器能否代替人来翻译的问题，都是我们现在面临的困难。如何"解读彩虹"，如何在相对困难的环境下赋予翻译工作更多意义、更大的动力，是今天的对话会所要讨论的话题。我希望大家在今天上午的对话中能有特别好的收获。

谢谢大家！

郭艳 > 邱院长是小说家，也是诗人，他写过一本诗集叫《光谱》，从我们今天对话题目"解读彩虹"也可以看出来跨文化、多语言的文学交流是多么重要。此外，他非常形象地向大家说明了中外学术交流的主旨和意义。谢谢邱院长。

下面我们进入中外作家交流环节，整个上午的交流环节分为两个阶段，前面由五位中外作家先谈自己对"翻译的未来"的看法；中场休息之后，我们有自由讨论环节，我们的翻译家要积极地投入到研讨中来。

下面有请哥伦比亚作家的塔卢拉·普列托女士发言。

塔卢拉·弗洛雷斯·普列托

> 虽然当今文学理论试图根据时代变迁，文学运动和风格变异诸种要素，就诗歌本身谈论分析诗歌，我们对诗歌的定义有所不同：我们认为诗歌作为一种深刻的感性革命，逾越了文学史对现实的认知，感知，解释和评价。因此，诗人在理性和激情的指引下，通过一种符号学的游戏，为世界赋予了新的意义，在这个游戏中，怀疑、非凡的确定性，以及他受到各种意象困扰的徒劳感，提供了进入自我存在和历史的未知底层的可能性。

查尔斯·皮尔斯说，情感是意义的特殊效果：看似被翻译成其他符号的符号链，与之相关的符号链被编码，推断，再编码。从那里我们可以想象我们捕捉符号时，我们的凝视是如何扰动，我们又是被一首诗捕获，某一种身体如何起死回生，发光被转换为一个冲击波，丧失在自己的火焰中：这是一种光学错觉，但依次暴露在新的愿景面前，成为信仰。

诗人，作为形象创造者，有赖那种闪烁、彩虹的魔力。他生活其中，在一种往复来去中，重写，沉浸在孤独而特殊的事件中。像手持锄头的农民，在与地球进行对话，诗人在页面的田垄上耕耘，他面对意念，把词语转换为一词多义的永恒的决斗，据此诗句的雕刻完成，创建的意象发展，畸变，竟然会喻指悖反的意义。诗人离开了自己，意识到自己绝对占有了悖反，同时在运用语言时，如同农人操持锄头一样，给闪光赋予新的感觉。

塔卢拉·弗洛雷斯·普列托

Tallulah Flores Prieto

哥伦比亚诗人

另外，叙述者在重新创造、虚构或重现那些触动他们的现实时，可能会遭受到那种闪电的体验。每一次自己或他人的经历，都成为一种可能的写作，对所见、所闻、所读的进行翻译。作家就是人类历史睿智的解释者；他们讲述美，伟大的悲剧和人类孤独的故事，他们的叙述有别于各民族官修的历史。

幸运的是，我们都暴露在符号的宇宙之中。我们一次又一次地编码，下决心去了解这个世界，去了解彼此，去交流。即使是大字不识几个的粗人，也会驾驶地球，转动感官，就像安尼巴尔·福特（Anibal Ford）如此优美地描述的那样，他指的是前工业社会那些著名的旅行家，记录的古时候他们游历所到地区的各种新奇的人民和风俗。

……心是眼睛……你听凭五色炫目，心血来潮，涉足未知的国家……你沉浸在各种思绪中，你涉入凝视的居室，镜子都隐藏它们的光谱，无人可见，空无一物，事情已经放弃了它们自己的身体，它们甚至不能再被视为事物，或是思想：绿色，红色，黄色，蓝色，成群，旋转，旋转……不停旋转仍然没有接近达到它们应有的形状……你的凝视编织，又松开编织空间情节的线头……眼睛是一只手……你必须把世界注满眼睛，你必须忠实于眼，你必须创造才能有所发现，奥克塔维奥·帕斯在他的诗集《凝视之宅》中指出翻译的关键，隐藏的神秘变形迹象，闪烁，看似矛盾，却能够让我们再次看到，通过写作和重新编码，一首诗如同一道新光，洞烛所迷失的，让我们重新喜爱那些最基本的日常词汇，面包，窗户，水，这一点著名诗人豪尔赫·特列尔（Jorge Teillier）也告诫我们。

诗人也是宇宙之声的接受者。根据艾略特的说法，作为一个人，他应该听到，或者受惠已故诗人留下的声音。这一点几乎应该被看作诗人的"使命"，艾略特在《玄学派诗人》一文中告诉我们。以这种方式，一首诗可能最终会带着那些真正从政治和宗教意识形态、风格和结构的游戏中继承下来的痕迹，用遥远的方式看世界。然而，幸运的是，创造者们将会被禁止对艾柯所谓的形式记忆造成伤害，这是他们自己的独特矩阵，绝对无法逃脱。

因此，诗歌翻译家的本行，类似一种双重冒险一样令人兴奋：错误乃至谬见可以完善，新作者必须放弃重新定义自己，通过他重写的诗歌，坚持历史和他所假定的诗人的语言；对他的文化来说，这似乎还不够，他必须应对自己的主观性。但最重要的是，他必须成为指引他的诗人精神的中介。

在语言和文化领域中，一首诗的翻译，需要调和四种不同的色调，其中四种元素形成的能量可以结构最终的作品。意象的两个宇宙，起源于创作者的心灵，两种语言符号，在两种语言中释放出来，唤起了这首诗的象征表现的创始动机。在一种突如其来的情形下，某种类比不期而至，一些拉丁美洲原住民关于宇宙的概念，就很有吸引力，如果你可以想象上述四个元素分别存在，世界的四个角落，相互依存，和谐平衡。

翻译的主题，尤其是诗歌，是一个解释和不断的符号表征的过程，作者和译者都被遗弃在艾柯所说的商议过程之中，尽管这种商议也许会比唤起一种共同快乐的超然，甚至在生活和死去的诗人中一种强制性的创造魔法更可取。

但是翻译的未来又是什么呢？如果我们想象庞德翻译李白的目的是让李白的音乐性接近英语语言的敏感性，因为在诗歌中只有情感是持久的；我们还会想到我们读过波德莱尔的第一个法文译本埃德加·爱伦·坡的一些短篇小说，后来被翻译成西班牙语，如此爱伦·坡就实存于两种外国语言之中了；或者，如果我们听到了埃尔斯·拉斯克·舒勒（Else Lasker Schuler）的抗议之声，当时她正在柏林的一家书店里藏身，不顾禁令和迫害，用德语而不是希伯来语写诗。我们甚至可以观察到，那么多域外的学者克服重重困难，来到拉丁美洲的土著社区，通过翻译他们传唱的歌曲，立志揭开原住民的心智和思维的种种奥秘，我们可以说文学和诗歌翻译一如既往,总会有一席之地。

然而，在一个全球化的社会，要求我们使用一种符号，而不是另一种符号；这标志着我们成了工业和文化消费者；在没有获得整个社区的同意就给我们强加了一套外在的符号，从而系统地抹去了我们的集体记忆，当然，这个问题必须通过大众传播的方法来解决，通过和其他学科一起联动，今天显然不是合适的场合。然而，不表达我们的沮丧是不可能的。地球村的概念使我们面临着一种新的关系，这种关系可能会损害由于语言逐渐贫乏而遭到破坏的文化表达和习惯。思想的多义性是可以被摧毁的，艾柯说一切创造都是谎言，我们的生活本质是反文化的，我们无时无刻不生活在崩溃的迹象之中。这一说法也许过甚其辞了。那么，翻译的未来，仍然取决艺术家、作家、诗人和译者，积极投身对未来的书写。果如此，彩虹的事业前景依旧光明。（黄少政 译）

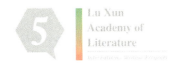

郭艳 > 非常感谢塔卢拉·普列托女士富有哲学思辨和忧患意识的发言。面对全球化带来的同质化问题，以及多语言、多文化的集体记忆在日渐消失的境况，翻译需要怀有深厚的忧患意识。谢谢！

下面有请翻译家李寒发言。

李寒

翻译家

李寒 > 尊敬的女士们、先生们，亲爱的翻译朋友们，上午好！今天，我非常荣幸就"翻译的未来"这个话题与大家进行交流。

谈到翻译，我们自然而然会想到翻译的重要价值和意义。不言而喻，如果没有翻译，我们的祖先可能一直还住在山洞里，过着刀耕火种、茹毛饮血的生活，更不会有我们的今天，在这样一个美丽的秋日，大家围坐在一起，就我们共同关心的翻译问题进行探讨。

德国汉学家顾彬曾说："翻译在任何社会的、精神的和学术的变革中，都是一个至关重要的执行者。"因为有了翻译，人类从封闭走向了开放，从孤立走向融合，消除了误解，避免了争战，赢得了和平，拉近了人与人之间的关系，使人类得以共享文明成果，使我们的社会得以持续地向前发展和不断进步。

我今天关于"翻译的未来"的发言是基于文学翻译这样一个相对狭义的翻译领域。首先，关于翻译软件会否取代人工翻译一直是大家在思索的问题。随着人工智能技术的不断发展，翻译软件不断地更新换代，也许在很快的某一天，在国际会议上，政治家们所做的报告，科学家所做的演讲，外交官之间的辞令，将会被翻译软件所替代。

然而，我始终认为，文学作品的翻译会因文学自身的特质而在未来漫长的岁月里，以更加个性化的方式存在下去。文学是作家用独特的语言艺术表现其独特的心灵世界的作品。它除了记录我们的现实社会生活，往往还深层地涉及到人的情感、心灵、精神、意识等内心世界。因作家个人生活环境、所处的地域、风俗习惯、方言土语、所受教育、宗教信仰、观察思考事物的立场角度等方面的差异，他们作品的语言风格、行文方式都会打上自己独特的烙印，而翻译者在译介过程中，也将运用自己储备的学识、个人生活经验、用语习惯等来予以传达和表现，而这些都是翻译软件很难完成的。

另外，文学翻译除了不同语种之间的转译，还存在着同一种语言在不同历史时期的流变因素，随着人类社会的不断发展，人类的语言和文字也无时无刻不在发生着变化，比如有着五千年文化历史的中国，我们的文学经典《诗经》《离骚》，如果不通过注释或者翻译成浅白晓畅的现代语言，对于古典文学修养不够的读者来说，便是一件憾事。旧体诗词，韵文散文都需要借助翻译、注解我们才能看明白。可想而知，多年之后，我们的后代读我们这个时代的作品或许都会需要翻译。一个民族的过去与现代之间需要翻译，更不用说国家与民族之间了。而这种基于语言流变意义上的翻译，在很长一段时间都很难由软件精确替代。

其次，我要谈谈翻译的"当下"。没错，我们今天的话题是"翻译的未来"。作为一名从事翻译工作有些年头的人，如果单单要讲翻译的"未来"，我感到有些难以把握。相对于未知的"未来"，我更多关注的是翻译的当下，"未来"是由无数个"现在"建构而成，当我们细细观察当今这个时代翻译事业的发生机制、存在问题，便不难揣测由此衍生、推演的未来是怎样的。

当下的文学翻译首当其冲是翻译人才问题，人才是文学翻译的核心，然而翻译的稿酬相较于原创的有着不小的差距，从回报率的角度看，文学翻译对于译者的吸引力便不可避免地在缩小，可事实上，文学翻译也是某种程度的再创作，所以，若要文学翻译的未来更加繁荣，我们需要有办法吸纳大量优秀的翻译人才，才能繁荣文学翻译的大环境。

另外，现在能看到一些经典作品的重译，复译虽意义重大，但质量也要更加精益求精，否则的话，会造成资源的浪费，也会挤压新作品的翻译空间。还有就是译著的出版是文学翻译输出的最后一环，外文编辑功不可没。出版一本优秀译著，需要一个负责的出版机构，一位优秀的译者，一名出色的外文编辑，三者缺一不可。对于更加优秀精准的文学翻译作品的期待，不可避免地伴随着对于更加优秀负责的外文编辑的呼唤。

我们翻译界有着辉煌的历史，如果翻开中国翻译史，我们会看到一个个闪光的名字，像严复、林纾、鲁迅、周作人、丰子恺、胡适、朱生豪、穆旦、傅雷、草婴、汝龙、王佐良、杨绛、李文俊、王道乾、罗念生等名家，一个多世纪以来，我们阅读到的那些外国优秀作品，是与他们常年呕心沥血、孜孜以求的译介分不开的。

近年来，我国涌现出了一批年轻的翻译家，他们大多生于上世纪70、80年代，其中不乏有学识有责任有担当的例子。比如，刚刚获得了第七届鲁迅文学奖翻译奖的李永毅，花了七年多时间，由古拉丁文译出了《贺拉斯诗全集》，书中七十万字的逐行评注颇见功力，体现了深湛的中文修养和古典文学水平。

像在座的翻译家王嘎，通过六年坚持不懈的努力，完成了《帕斯捷尔纳克传》的翻译工作。这部巨著长达一千多页，共计九十七万字，仅引用的诗句就超过三千行。正是从这些年轻朋友身上，看到了我们翻译的未来。

目前，我们正处于一个瞬息万变的时代，人类拥有了原子能、计算机、基因工程、人工智能、虚拟货币，可以翱翔太空，畅游深海……但是，人类仍然面临着战争、贫穷、落后、野蛮、饥饿等重重危机。人们都说翻译是桥梁，是纽带，是传递人类文明、促进社会进步、传播人间友谊的美好使者。

翻译者的职责和责任在当下变得尤为艰巨，提高学识修养，增强责任心和使命感，解决好这些问题，才能拥有前景广阔的未来。我们要为优秀文化的传播、人类的文明和进步，做出我们应有的贡献。亲爱的朋友们，希望借此机会与诸位共勉！谢谢大家！

郭艳 ＞ 谢谢李寒。翻译从"第一眼看世界"到现在的"纷乱中看世界"，已经发生很大变化。

关于翻译的未来，李寒发言当中谈到了他的期待，包括对优秀翻译人才的期待，以及对我们国家的出版、优秀外文编辑的期待。实际上，文学翻译与文学创作一样，在这个时代都是非常寂寞的，只有相当的热忱才能使自己过上心目中的精神生活。强调翻译的稿费，也包括写作的稿费——这些实际上只是外部因素，真正喜欢的人还会坚持下去。我非常相信这一点。

下面我们有请美国作家杰夫·惠勒发言。

杰夫·惠勒　> 我很高兴今天能就"解读彩虹——翻译的未来"这个话题发表演讲。谈论未来很困难，因为它是如此不可预测。然而，我发现在这样的讨论中引用一段话是有帮助的。1971 年，著名的施乐帕洛阿尔托研究中心的科学家艾伦·凯说："预测未来的最好方法就是发明一个未来。"

发明未来这一概念在不同时代的杰出人物身上得到了不同的体现。尽管约翰·古登堡并不是第一个发明印刷机的人（这个荣誉早在几个世纪前就属于中国），但他的发明在很多方面都与此前的不同，即在于由于他的发明，我们的世界变得更好。我认为，如果没有他的创新，文学和诗歌领域就不会发展到今天的水平。

但是，为什么我要在讨论翻译的未来时提到一项古老的技术呢？正是因为 2007 年推出的一项技术从根本上改变了当今出版文学的未来。它也为如何看待翻译的未来，提供了启示。我指的是亚马逊发明的电子阅读器 Kindle。是的，在这个发明之前还有其他发明，但是这个设备已经永久性地改变了出版业，超越了此前的任何类似的技术前辈。

杰夫·惠勒

Jeffrey Michael Wheeler
美国畅销书作家

杰夫·贝佐斯在 2014 年接受采访时说，发明 Kindle 的宗旨战略和愿景是："要让任何一种语言中任何一本书，读者在六十秒内都能买到。"贝佐斯接着说，"这是一个长达数十年的愿景。"我们已经研究了十年，取得了巨大的进步。我们正在使书籍更容易获得，更便宜，阅读更方便。

记住——预测未来最好的方法就是创造未来。当然，还有很长的路要走，但了解到科技公司今天正在努力实现这一愿景，我们就可以窥见未来会是什么模样。那么这一愿景对于翻译有何意义呢？

在今年 5 月份的一次科技会议上，谷歌的首席执行官桑达尔·皮查伊，展示了一种新技术叫作谷歌双引擎，是一个人工智能装置，可以打电话，预约理发，这个装置如此智能，以致美发店在接受预约时完全没有意识到预约方其实就是一台机器。教会机器解码人类语言并实时做出反应的能力是当今"机器学习"的众多应用之一。

我预测，在未来几年，计算机将变得如此强大，它们将能够把我们所读到的大部分内容翻译成任何可以学习的语言。然而，我并不认为人类译员会失业。尽管人工智能有利于某些场景的翻译，比如找到最近的洗手间的位置，防止在一家餐厅点了一个不受欢迎的菜，并帮助个人更有效地交流，但语言和文学的艺术的细微差别（尤其是诗歌）机器仍旧无法复制，并产生相同的效果。

我认为译者在未来，会配备令人难以置信的强大的工具，来减轻翻译大量文本的沉重的负担，但随后将使用他们的判断，经验、智慧和创造力来选择更好的词语，来传达复杂的思想，如此才能为目标文化读者传递更富于个性和影响力的源文化。这将使未来的中国、克罗地亚、意大利、哥伦比亚、秘鲁甚至美国作家的所有文学作品都能在短得多的时间内被彼此更好地分享和理解。

让我以亚马逊的杰夫·贝佐斯的另一段话结束我的演讲，因为我相信，他预见到了我们今天的处境。"要注意，最重要的一点是，书籍不只是与书籍竞争。书籍与阅读博客和新闻文章、玩电子游戏、看电视和看电影的人竞争……如果我们想要一个健康的长期阅读文化，我们真正需要做的是让书籍更容易阅读。"最近几周，当我乘坐北京的地铁通行时，我看到的乘客基本上都在看手机，这说明贝佐斯是对的。

因此，在我看来，未来充满了机遇。仅仅因为亚马逊正试图引领潮流，并不意味着他们将是第一个到达的。正如托马斯·弗里德曼 9 月 25 日在《纽约时报》的一篇文章中所写的那样（当时我们都已经来到北京参加国际写作项目）："五年前，中国只有两家全球最大的上市科技公司，而美国只有九家。"如今，在前二十名中，中国有九家——阿里巴巴、腾讯、蚂蚁金服、百度、小米、滴滴、京东、美团和头条——美国有十一家。二十年前，中国一家都没有。

事情的变化比古登堡时代更快。我希望我的书能有更多的中国读者。为什么一本书只能被一国读者阅读，而不是更多国家的读者呢？优秀的翻译使这一点成为可能。没有翻译，人类就不会分享思想。思想不仅仅是纸上的文字或发光的屏幕。正如老子曾经写过的，"如果你不改变方向，说不定你真的会抵达目的地。"（黄少政 译）

郭艳 > 谢谢杰夫·惠勒先生，他在文章里面说，预测未来最好的方法就是创造未来。我觉得，翻译在未来更大程度上是"分享"，好的畅销书分享多元文化和价值观、不同的宗教与伦理观念。我们在现代社会同质化进程中稀缺的事物，可能都会因翻译而得以分享。谢谢！

下面有请翻译家施杰。

施杰 > 各位好，很荣幸站在这里跟大家交流。今天的话题叫作"翻译的未来"。在我看来，这个话题是有点大的，不如我们首先一起来把它的外延框定一下。我们在座的都是搞文学的吧？那我们讨论的应该就是文学翻译的未来了，这样一来，范围是不是就缩小了99% 了？现在谁还玩儿文学呀，是吧？但我还是觉得有点大。那我们接着再缩。哦，我定睛一看，我们在座的好像都是人。都是人吧？嗯，所以说，我们正在讨论的这个话题大概就是人类文学翻译的未来了。

其实啊，刚才一看到"翻译的未来"这个话题，我脑中第一个联想到的就是"十一"前，上海开了一个人工智能大会，在大会上，我国科技龙头企业科大讯飞的机器同声传译大杀四方（虽然后来被证明是骗人的），但不管怎么说，这些年来，机器翻译一直在我们背后奋力追赶，这也是我一直以来的一个焦虑（我有焦虑症，所以焦虑比较多）。

我曾经就在网上搜过这个关键词，翻译的未来，那跳出来的第一页上就赫然出现了：未来翻译会消失吗？未来翻译很可能不再存在。所以"翻译的未来"这个问题，从根本上来说，我觉得啊，是个生存问题。我们人类文学翻译在未来还能不能够存在了？我们存在的意义又是什么？

施杰

翻译家

依我愚见，我们人类文学翻译在未来仍然是有资格存在的，且我们之所以有资格存在，正是因为，我们是人，而我们翻译的未来就在于如何去体现人的价值。

首先，人是有技术的。这个技术，当然指的是 technique 而不是 technology。人类翻译会在他工作的过程中不断地习得和掌握各种技术，并且选择在恰当的时机使用它们，譬如增译、省译、重组、倒置等等，而根据需要选择技术的这种灵活性，是非人类所难以具备的。

其二，人是有情感的。人能感受到语言背后的情感色彩，也懂得如何克制地去表达出言外之意，所以才有了将"I love you"翻译成"今晚月色真美"的夏目漱石。马拉美曾说：不要画物体本身，而是要画它产生的效果；那么，我们人类文学翻译，也有能力依靠着我们的情感去更准确地表达出隐藏在原文背后的情感效果。

其三，人是有灵感的。所谓的灵感，或许是属于另一个维度的东西，很难用现有的语言或规则去解释，但我相信，在座的作家们都会有"两手一拍""灯泡一亮"的时刻，而我们做翻译的，在我们日常工作过程中，也会有圣灵照耀，或是忽然脑子里就蹦出了某个词或是某句句子的时候，用近两年时髦的话说，也许是和那位作家发生了量子纠缠。这也是人类文学翻译的优势之一，至少，直到现在，还没有什么证据可以证明，人工智能也是能受到量子纠缠的影响的。

当然，除了以上三点之外，还有许多人类翻译能够做到但"不可道也"的东西，比如节奏，又比如韵律。而且归根结底，直到现在，翻译服务的两类对象仍然都是人类。所以在座的，无论是人类读者，还是人类作者，最懂你们的还是我们人类翻译！所以，在亦敌亦友的机器翻译的刺激和激励下，我们人类文学翻译会时刻谨记你们、我们和他们都还是人类这一点，努力用更"人类"的翻译去迎接属于我们人类翻译的未来。谢谢！

郭艳 > 谢谢施杰，他还是很自信。今天的人类依然在机械、人工智能盛行的时代和机器复制的时代，保有其独特的本质。他刚才发言中有很重要的一点，强调"文学是人学"，也就是说文学本质上在于人性的回归。从这个角度来说，我们依然应该对文学翻译怀有绝对的自信。

下面我们有请意大利作家杰妮娅·兰碧堤女士发言。

杰妮娅·兰碧堤 > 回到一百五十多年前的 1861 年，意大利刚刚形式上实现国家统一，实则仍旧是一个极度分裂的国家。在这个国家里，两千五百万人口中，只有大约 2.5%，可以被认为是以意大利语为母语的人。因此，一百五十多年前，如果我们把这 2.5% 的人口排除在外，因为他们归属有文化教养的精英阶层，其余绝大多数人都是文盲，他们的母语是至今仍在使用的五花八门难以计数的某一种方言。此后，经济迁移在地理空间中频繁发生，加之新的大众通信技术和系统的出现，如 1926 年的广播问世，1953 年的电视开始普及，极大地改善了意大利的文化经济的分裂，我把这一趋势称为"剧烈但仍留有余地的变化"。

"剧烈但仍留有余地的变化"，意味着即使在今天，如果我们把一位只读过小学上了年纪的西西里人，或者一位文化程度相当的威尼斯老人挑出来，很可能他们只把自己所操的方言

杰妮娅·兰碧堤

Ginevra Lamberti

意大利小说家

视为母语，并运用自己习用的语言代码进行交际，而不是标准的意大利语，而结果很有可能，他们完全听不懂对方所说的每一个单词。

书归正传，回到今天的正题，即文学翻译的未来。你可以看到意大利作家，享有巨大的词汇资源，一个词汇盆地供他们汲取使用；两倍语言代码，有时是三倍或四倍，视乎你的具体籍贯而定，或者是否异地婚姻的情形。我使用有条件一词加以限定——因为在现实中，在文学中使用方言元素是一把双刃剑，对某一位作者来说可能是致命的。风险来自三个方面：一是你的写作只能在该方言区域以内传播，二是你的写作永远走不出意大利国界，三是你的写作永远不会被翻译成外语。我提到了两个值得注意的例外，在国际传播和销售方面，比如埃琳娜·费兰特（Elena Ferrante）和安德烈娅·卡米列里（Andrea Camilleri），但这恰恰是普遍规律的例外。

最后，在这一前提下，又有一个问题：在中国这样一个幅员辽阔、人口众多的国家，语言差异如何影响或不影响作者和编辑的选择？在不同的语言现实之间是否存在一种混合？如果作品来自北京这样的大城市或偏远的农村，那么这种语言上的差异会被发现吗？少数民族语言有文学作用和价值吗？有自己的市场吗？

第二个问题让我们回到技术方面。我之前提到过广播和电视，今天我们有互联网，有同声传译和非同声传译工具，这些工具更有效，但仍然不是确定的，而且往往不精确。技术在进步，我毫不掩饰自己的惊讶，我发现自己站在人们面前，他们可以通过应用程序或其他类型的设备与我交流，尽管存在语言障碍。科技在进步，每一代人的科幻作家都预言宣称用机器取代人，但就翻译和口译而言，这一预测还没有应验。如前所述，如今的自动翻译工具还不够精确，人们的感觉是它们可能永远都不准确。所以我也想了解，在今天的

中国，业内人士如何看待自己的未来，抱有什么希望。（黄少政 译）

郭艳 > 谢谢杰妮娅·兰碧堤女士，我回答你其中一个问题：在中国，很早就做到了"书同文"，虽然方言的发音有所不同，但我们的汉字是统一的。对说方言的人来说，看不懂文章的问题很少出现。

我们今天上午第一个阶段中外作家发言到此结束，我们稍微休息一会儿，接下来再做研讨。

郭艳 > 我们的下半场是自由发言和研讨环节。我们的作家、翻译家、诗人可以提问，或就"翻译的未来"的话题发言。刚才我们五位作家、翻译家在发言中就已经提出各自明确的观点，大家可以就这些观点提出自己的看法，你们的看法既可以是赞同的，也可以是置疑的。希望大家可以把讨论引向深入。

赵域舒

翻译家

赵域舒 > 我认为，文学翻译作为文学创作的一种，是最不会被机器人、人工智能所代替的。文学所描述的人的失落情感、脆弱、孤独、痛苦，都是人作为生物的局限决定的。换句话说，文学是来自人身上的枷锁。这是我自己的看法。中国作家王小波说，人所有的痛苦，从本质上说，都是对其自身无能的一种愤怒。这是机器人所不具有的。文学翻译既然是文学创作的一种，它就不能超越这个局限，它是最不能被人工智能所代替的。

我想知道的是，在你们的国家，有很多人对文学翻译感兴趣吗？尤其是年轻人。

克里斯托斯·克里索波洛斯

> 我来回答一下你这个问题，然后做一个评论。文学翻译的状况取决于国家出版业的状况。在希腊，从英文到希腊文的翻译比较多，对很多小语种来说都有这样的情况。

我们说到翻译的时候，很多大的范畴都在被翻译，这些范畴既可以是经济，政治，也可以是数据、语言学等等，翻译涉及人类文明的方方面面。当我们讨论"翻译的未来"时都需要考虑到。

你的观点我非常赞同，人工智能是不能取代人工翻译。举个例子：之前有人谈及图灵测试，让真人通过电话去辨别接线员到底是人还是机器，这让我们意识到 AI 技术到了多么发达的程度。还有一个测试，是哲学家约翰·索尔提出的：把一个能辨识中文的机器放进一个盒子，在盒子里面放入汉字，然后它会输出汉字，通过几轮输出，人们就会以为这个机器是懂汉语的。这个实验中，机器其实完全不懂汉语，之所以它能够处理汉字，是因为里面是有一些单词，但里面并没有任何的语法和结构。如果把我这样一个人放在盒子里面也是一样，如果给我一些汉字，我也可以处理，然后输出更复杂的汉字，但它们组合在一起并不具有什么意义。因此，关于人工智能的一些观点，比如认为机器拥有大脑，实际上这个"大脑"并没有意识，而人工翻译，我们有大脑也有意识。从这一点来说,机器不可能代替人类。不过在去年我读了一篇文章，它被好几个媒体转载，我读的是英国《独立报》，说的是 facebook 的程序员不得不关掉几个 AI 的操作系统，是因为几个相互独立的 AI 系统可以自己用程序员不理解的方式沟通和聊天。

关于翻译的未来，机器是不会代替人类的。我认为这是可以确定的事实。与此同时，在未来，机器和机器之间的对话会通过某些非人类的语言来进行，我们需要把这样的非人类语言翻译成人类

克里斯托斯·克里索波洛斯

Christos Chrissopoulos
希腊小说家、诗人

语言。我认为，对于写作的人来说，这样的未来可能会影响我们对写作的认知和我们写作的方式。我们的诗界里面已经可以看到一些自称为"数字诗人"的诗人，他们会用算法来写诗，他们将这些技术和机器的语言在诗歌里面进行展示。

郭艳 > 非常感谢克里斯托斯先生，请下一位发言。

马瑞科·可塞克 > 非常感谢邀请我在这里发言，我回答一下你的问题，然后对"翻译的未来"予以补充。首先，我的国家是在座作家所属国家中面积最小的，生活在最小国家里最大的优势使我们所有人都意识到了学汉语的必要性。我们对外国文学一向抱着开放的态度，对外文感兴趣的程度比其他国家的人们更强。我们有大量翻译的任务，从外语翻译到我们的语言，不过这也取决于我们对市场的考量，对于不同领域和题材，我们或多或少会有不同的倾向。

第二个方面，写作和翻译的不可见性。这是我感兴趣的一点。无论翻译还是写作，文字本身是非常重要的组成部分，与此同时，将文字以外的信息、文字所暗示的信息翻译出来是一个非常有挑战也非常让我们感兴趣的事情。文学翻译是一个非常重要的领域，也是当今科技日益发达的世界中我们文学家、文学翻译家的一块自留地。现在有一个很大的问题：这个自留地在当前的趋势之下，在当前技术发展的背景下，在文学需要越来越多读者而不得不进行简化的要求之下，自留地还能够保留多少。

我再回应一下刚才的问题，在有 AI 技术的背景之下，即便如此，文学翻译、人类翻译依然是非常重要和必要的，我们也同意，有

马瑞科·可塞克

Marinko Koscec
克罗地亚小说家

很多人类的观念和特点是不能被机器所代替的。不过，我们也不能忽视人工智能有学习能力的现实，它的这种能力将会越来越强。即便我们都认为在文学翻译和创作方面机器无法代替人类，但如果 AI 有能力不断学习，说不定它们在未来的某一天就会发明创造出来一种更好的、能够激励人性、表达人类感情的方式，甚至比人类表达感情的方式更好。进行写作和文学翻译时，作者和翻译者一般都是全身心投入进去、为作品而服务的，我们在作品中扮演的更多是燃料的角色。和作品本身相比，作者的重要性没有作品那么重要。从历史和技术的发展角度来看，我们把这样的逻辑放在 AI 技术中——现在的世界 AI 技术已经非常普遍了——技术的发展将使 AI 比人本身更加重要，在这样的逻辑下，AI 使我们人类变得过时。在未来某个时期 AI 看到我们的时候，就像我们看到我们的祖先智人一样，到那个时候 AI 还会思考人性吗？还会想我们人类的价值吗？会不会像我们对待智人一样的 AI 的翻译，AI 作家会认为我们人类作家和翻译早以过时，已经属于考古范畴了呢。

郭艳 > 非常感谢马瑞科先生，他的观点与中国翻译家的观点可能不一样。现在我们对翻译的未来的讨论已经抵达更深入的阶段。我们下面欢迎塔卢拉·普列托女士发言。

塔卢拉·弗洛雷斯·普列托 > "普列托"是我母亲的姓，是我的第二个姓。在西班牙语中，前面是本姓，后面是母亲的姓。如果大家这么称我为"普列托女士"的话，我母亲一定会非常开心。

我来回答这个问题。首先请看在座各位所做的工作，我们所有人的工作都和语言相关，要么写作，要么翻译。之所以从事这项工作，是因为我们对此拥有热情。我们所热爱的这件事情从人类出现时便已存在了。那时候，人们将简单的事情通过简单的方式进行沟通、交流。

由于美国的强大，英语成为世界上各个国家教育体系非常重要的组成部分。尤其在上世纪 90 年代以后，大学的语言学系里面都会开展英语和法语的学习，但大多基于英语和法语的科学与技术文本。因此，哪怕是英语、法语专业的学生，他们所学习的都是科学和技术的语言。全球化的影响使我们一些院系被淘汰掉了。我们学习语言，只是把语言作为一种工具，尤其是科学和技术的交流工具。无论你学什么语言都是这样。在哥伦比亚，我们的私立学校都是以教授英语为主，再加上一门其他语言。现在这个问题被我们的政府意识到了，公立学校开始逐渐改变这个情况，不过在我看来已经为时过晚了。现在在我们国家，孩子们被要求每周上六个小时英语课程。

我们有专门提供给翻译家的办事处，这些翻译者经常用自己翻译的技能来解决商务上面的事情，所有的译者在政府都有注册和登记，大学里也有很多专门为译者设立的办公室。译者在办公室里帮助学校解决相关的与海外教学和海外合作项目有关的问题。但具体说到我们的文学翻译，绝大部分文学译者、诗歌译者本来就是作家和诗人，这就是我们国家翻译的基本现状。谢谢。

郭艳 > 特别感谢塔卢拉·弗洛雷斯·普列托女士。下面有请意大利作家加布里埃·迪·弗朗左发言。

加布里埃·迪·弗朗左 > 我现在想第一个做评论。第二个想问个关于中国翻译家的问题，我想提一提关于"不可见性"的问题。

加布里埃·迪·弗朗左

Gabriele Di Fronzo

意大利小说家

我依然记得在意大利读过一部小说，上面写道：虽然我所从事的任务是非常艰巨的任务，但我并不想让别人看到我在作品中做的努力，我必须要成为隐形人。这样的一段话符合我们在做文学翻译或者更广义上的翻译时候的原则，即，我们做翻译的时候，文体必须保留，风格必须保留，与此同时，我们自己的风格丢失了。我还记得一个作家说，在做翻译的时候过于强调翻译者的风格，反而牺牲掉了作家的风格，这其实就是在坦白：我们的翻译失败了。

因此我想问一下我们的中国翻译家，你们在处理翻译的时候是让自己只是成为作家的幽灵，还是将自己的风格凸显出来呢？

黄少政 > 我回答您的问题。从翻译角度提出的这个问题，在翻译界已经争论了很长时间。实际上，从现实出发来看待这个问题，结论是不言而喻的。比如说国内有两位译者，杨宪益和戴乃迭，翻译过六十多种作品，从《离骚》一直翻译到《红楼梦》。杨宪益先生一直坚持这样的观点：翻译最重要的是忠实原文。一直到 1986 年，王佐良在一本文集中收录了一篇澳洲的文学杂志对两位译者的采访，在那篇文章里，戴乃迭承认他们两个做的工作是失败的。

我再举个例子。葛浩文翻译的中国文学作品有五十三种，葛浩文从来不谈他是否忠实原文的问题，葛浩文只坚持说：我没有办法忠实原文。比如说他翻译了萧红和莫言的作品，从中国人的角度来看，莫言的风格与萧红的风格相距很远，我们同样也知道，屈原《离骚》的风格与曹雪芹《红楼梦》的风格相距也很远。虽然坚持忠于原文，但在杨宪益他们的翻译中，实际上呈现出同一种文字风格。葛浩文从来不谈这个问题，葛浩文说：有一点我是可以肯定的，翻译不能保证让作家满意、让读者满意，至少我让自己满意了。葛浩文的翻译在中国是一座桥梁，葛浩文翻译的文学作品被很多人认为是"二传手"，很多欧洲其他语言的译本都是根据他的英文译本来做的。

黄少政

英美文学翻译家、学者

郭艳 > 谢谢黄老师，有请于桂丽。

于桂丽 > 大家好，我是于桂丽，北京外国语大学教波斯语的老师。这些年我一直在中国和伊朗之间做翻译，我走上丝绸之路、到达伊朗、学会波斯语是从翻译开始的。那个时候我的先生在伊朗教中国绘画，我就一直给他做翻译，做了五年教授中国绘画方面的翻译。毕业之后我到北外教书，八九年里一直做伊朗政治、经济、文化、文学方面的翻译。我觉得我自己好像已经成了专门翻译的人，我从我自己工作的角度来谈我的一点感受。

于桂丽

翻译家

去年在伊朗的一所大学里，中国的二十几位儒学专家与伊朗的伊斯兰界学者们开过一次儒学大会。有一个八十多岁的老先生，在发言之前没有把稿子拿到同传室，那篇稿子他半个小时之前写的，写得密密麻麻的，有五六页纸，是关于苏非主义思想的。拿到我手上时，我很紧张，因为我根本看不清楚他写的是什么。但是那个时候必须做同传。在这里我回答刚才这位先生的问题：是保持自己的风格，还是遵循原文？那个时候我的想法是：我一定要把老先生的发言同传出去。当时我就把眼睛闭上。我不看他的稿子，只体会他的感受，他的知识，他对苏非主义的看法。他当时的诗文就是当时他心灵、情感上的宣泄，他说，我好像已经忘掉我是我，我觉得我是他，我就是表达他的情感。老先生讲的是人和主之间的关系问题，大概是人主合一，我们应该更多地去认识世界，不要自大，要把自己看作是万物中微小的生灵，首先要认识它的本体。我感觉他流泪了，声音在哽咽，我闭着眼睛，也感到自己在流泪。整个会场的儒学专家也听出来了：感觉于老师在流泪呢。实际上是那位先生在流泪。

我想表达我的观点：作为一个翻译者，应该更多去表达你要表达的对象，而不是你的本体。只有这样才能更好地把你所要表达的东西表达出来。谢谢。

郭艳 > 非常感谢。下面塔卢拉·弗洛雷斯·普列托。

塔卢拉·弗洛雷斯·普列托 > 我简单回答一下刚才的问题。听到这位老师的发言深有感触。以前我翻译中国的诗歌，有一位诗人想表达自己登山的经历的体验，我在翻译的时候不知道中国人登山有什么样的体验，中国人在登山有哪些文化元素融入其中。为了更好地翻译这首诗，我查遍了各种文献，去了解中国人的思维方式，中国人看待登山的感触和想法，还要尽可能地还原诗人的本意、无限接近诗人的意图。我觉得刚才这位教授说得非常正确，无限接近作者的意图是一个好翻译的开始，我们进入到作者的世界，从而将其转变为自己的精神、自己的经历，更好地去进行再创作。在我看来，这甚至不简单是再创作，而比再创作的境界更高。

黄少政 > 刚才于老师和大家回答的实际上都是我提出的问题，这些问题非常尖锐。读杨宪益他们翻译的《屈原》到《红楼梦》，是同一种英文的风格，而且他们的文字都太简单。所以戴乃迭说，我们的文字太简单、平庸，没有可读性。葛浩文的翻译也是如此，从贾平凹到莫言、到萧红，是同一种文字风格。

郭艳 > 我补充一下。在翻译中，大家纠缠在"能不能很忠实地翻译屈原和《红楼梦》"的问题。在理想状态下，如果说英文足够好、能比较好地掌握古典英文和现代英文，还是有可能近似地模仿其风格的。但是经过两种语言的转换，我们理解屈原和《红楼梦》就很困难。理解古典文学和现代文学两者本身就是特别困难的事情，翻译到另外一种语言又是一重困难，而这种语言也存在着古典和现代，拥有着它的韵文和散文，我觉得我们的翻译恰恰应该追求这个，要把不同文化、文明中独特的文学性翻译过去，这可能是文学翻译所追求的。而对于翻译风格盖过作家风格的翻译，虽然可能会带来新的审美，但可能无法真正在不同文化之间传递文化的多义性和丰富性，却反而遮蔽了它。

下面有请克里斯托斯·克里索波洛斯。

克里斯托斯·克里索波洛斯 > 我来补充一点。听到黄老师和几位意见不同的作家、翻译家的观点后，我谈谈我的看法。我自己也做过翻译，我的作品也被别人翻译过。有一位与我合作多年的法语翻译，我非常信任他，他无论怎样翻译我的作品，我都没有意见。既然说到翻译家和作家之间的关系，我想说，我们与其一直纠结于所谓的忠诚与否，还不如去关注整个文本的"透明性"。所谓"透明性"就是当我们作为读者来读一篇译作的时候，比如一位法语读者来读我作品的法文译作时，他同时看到两种风格，一个是作者的风格，同时翻译者的风格也是非常明显的。因此，"双向的透明性"是我们处理文学翻译时可以采取的方法，在译作中，我们既可以听到原作者的声音，也可以听到翻译者的声音。谢谢。

郭艳 > 针对这个话题，我们的讨论已经很深入了。由翻译的整体现状、文学翻译的人工智能，我们出现两个不同的面向：一个是比较乐观的，认为人类的翻译有它的独特性；更多的外国作家则认为人工智能技术会自主学习，衍生出更多的非人类的这种智慧。中国作家、翻译家可以回应一下。

赵域舒 > 刚才马瑞科先生说人工智能也可以学习，学到人类情感。这让我想起一部电视剧，它也得过奥斯卡奖：一个有过两次失败婚姻的男人和他的计算机相爱了，他每时每刻都与计算机说话，在街上边跳舞时也沉浸在对话中。我产生了一种困惑，好像机器是可以代替人的，它们可以有情感，有喜怒哀乐。但到最后，留给我们思考的结尾，就是他发现计算机在和他通话、坠入爱河的同时，也在和一百个人通话。我觉得不是让我们回答"yes or no"的问题，但这是一个让我们思考的结尾。

马瑞科·可塞克 > 从作家角度来看，我觉得这部电视剧的情节也不是那么超前，作家在写作的时候也经常会爱上我们小说的情节，居住在小说的情节里面去、和小说里面的人物进行对话。在这样的一个逻辑下，电脑成为我们的爱人、成为我们最好的朋友或爱人也是情有可原的，因为在人的感情需求基础上有了技术，这便会成为一个非常自然的趋势。当然，对于翻译可能也是一样的，翻译家很可能爱上自己翻译的作品。

郭艳 > 谢谢。下面有请塔卢拉·弗洛雷斯·普列托。

塔卢拉·弗洛雷斯·普列托 > 我再补充一点。我特别喜欢你刚才提到的翻译家爱上自己的翻译作品。我想说的是我们在做翻译的时候会做出不少牺牲，一些词、一些表达不得不删除，或者重新处理，从而保持原作品的意象，使它所传达的信息栩栩如生地被读者所接受。

郭艳 > 特别感谢，刚才的话题让我想到了刘慈欣的《三体》。在《三体》中他描写了一位他想象中的女性，后来这样一位女性在他的生活中真的出现了，他爱上了她。我是科幻小说粉丝。实际上，像凡尔纳科幻小说这样的作品在某种程度上是能预言人类未来的，凡尔纳作品中的很多幻想现在已经变成现实。我觉得这次讨论在这个维度上很有意义，一方面我们要对人工智能有足够乐观的估计，它会给人类包括翻译带来无限的想象；但同时，人类作为万物之灵长在这个星球上称霸如此之久，有时也需要一些谦逊，需要对某些事物的畏惧。希望本次会议能搭建起"翻译的彩虹之桥"，也希望一个上午的跨文化交流使大家收获了更新、更深、更具启示性的认知。

感谢中外作家，感谢现场的同声翻译。我们的会议到此结束。

148   *Lu Xun Academy of Literature*

✎ 研讨会现场

Lu Xun Academy of Literature

6

中外作家第五次研讨会
类型小说中的幻想主义
—— 杰夫·惠勒与蔡骏对话录

International Writing Program

类型小说中的幻想主义
——杰夫·惠勒与蔡骏对话录

International Writing Program 2018

时　间 - 2018 年 10 月 13 日（下午）
地　点 - 光的空间新华书店

对话人

杰夫·惠勒　　美国畅销书作家

蔡　骏　　作家，上海市作家协会理事、上海网络作家协会副会长

中外作家第五次研讨会
类型小说中的幻想主义——杰夫·惠勒与蔡骏对话录

时　间：2018 年 10 月 13 日（下午）
地　点：光的空间新华书店
对话人：杰夫·惠勒（美国畅销书作家）
　　　　蔡　骏（作家，上海市作家协会理事、上海网络作家协会副会长）

Lu Xun
Academy of
Literature
International Writing Program

6

中外作家第五次研讨会
类型小说中的幻想主义——
杰夫·惠勒与蔡骏对话录

2018·10·13

主持人 > 各位亲爱的读者，非常感谢主办方上海文艺出版社、光的空间两家合作，举办今天下午这场活动。我叫江海涛，很荣幸临时客串活动的主持人。

非常荣幸，而且非常激动，坐在我身边的两位大咖，我是他们的粉丝，杰夫·惠勒先生、蔡骏先生。首先请允许我介绍两位嘉宾，杰夫·惠勒先生是美国炙手可热的畅销书作家，也是《华尔街日报》这几年强烈推荐的作家之一，也是现在比肩 J.K. 罗琳女士的奇幻文学类型小说的作家，他的书现在由上海文艺出版社出版。参加中国作协的写作计划，有幸来到上海，特地邀请来参加今天的活动。

蔡骏先生是上海市作家协会会员，也是中国作协的会员。二十二岁开始从事写作，从此一发不可收拾，到现在有三十几本图书出版，累计销售一千四百万册，获得奖项不得了。先后获得许多奖项。蔡先生能够参加今天的活动，非常不容易，今天刚刚从法国回来，他的一本新书翻译成法语在法国出版。在中国国内悬疑推理类当仁不让的第一人，私下我和同事们交流过，大家说蔡骏先生是国内悬疑之父，不知道能不能这么说，反正在这方面有非常多杰作。

受主办方委托，今天的话题叫作幻想主义或者奇幻文学在类型小说当中的一个话题。今天这个主办方把杰夫·惠勒先生和蔡骏先生请来，这是非常高明的一个地方，他们有很多共同点。我也主持过几次活动，把第一个话题由读者抛出来，有我非常熟悉的朋友，先问你一个问题，你觉得两位作家有什么共同点？

读者 > 他们写的都是幻想小说。

主持人 > 两位作家都是非常成功的作家。杰夫·惠勒先生之前不是专门从事写作，到现在成为美国炙手可热的作家。蔡骏先生也是销量高达一千四百万册，有很多共同点。我们开始今天的话题，为什么他们都从事了写作，而且都如此之成功？

掌声有请杰夫·惠勒先生。

杰夫·惠勒 > 我很小的时候就对写作产生浓厚兴趣，在那个时候就喜欢讲各种各样有趣故事，我们一家人围坐在一起，把我想到的有趣的事情和叔叔阿姨分享。小时候，我在家族里面就以讲故事这样一个身份出名了。

其实，我也和很多世界各地的作家交流过这个问题，我们都认为，如果你要写作获得成功，首先需要运气，需要在合适的地点、合适的时间写出合适的故事，让读者能够和你的故事产生共鸣，我花了二十多年时间才做到这一点。

非常重要的一点，千万不要放弃，不管你当时的处境有多么艰难，可能根本没有读者想要读你的故事，但是你要继续尝试，尽力做到最好，这就是我觉得成功非常重要的秘诀。

请问蔡骏先生，您觉得写作成功的秘诀是什么？

杰夫·惠勒

Jeffrey Michael Wheeler
美国畅销书作家

蔡骏

作家
上海市作家协会理事
上海网络作家协会副会长

蔡骏 > 非常感谢今天能够在这里跟大家交流，尤其是感谢杰夫·惠勒先生，也感谢光的空间，我们在这里讨论类型小说。

关于写作的话题，我觉得每一个作家有不同的体验，都有不同的写作方向、目标和各自的人生经历。对我来说，写作本身来说是需要有一定的天赋，像刚才杰夫·惠勒先生说的，他从小有说故事的想法等。在中国，一般中国人比较含蓄一点，在青春期的时候都有很多话想要说，但是不好意思和老师、家长说，就变成文字，倾诉在纸上，于是就变成了最初的写作。

杰夫·惠勒 > 我觉得这是一个非常好的答案，相信今天很多在场的人，在他们的青少年时期也有相同的感受。比如我自己，在高中就开始尝试写作，那个时候写作也是探寻自己内心的想法、内心的情感的一种很好的方式。尽管当时的作品并不怎么样，但是对我来说是很有意义的。

我想和您讨论另外一个问题，刚刚在后台的时候也讨论过，当作家的契机是因为受到另外一位作家的启发。进一步的提问，有没有什么其他的人，可能是作家或者不是作家，激励你不要放弃，鼓励你继续写作。刚刚在后台和您提到一位非常有名的作家，他激励我开始写作。还有另外一位作家一直在鼓励着我，让我不要放弃。

蔡骏 > 刚开始写作的时候比较孤独，身边没有那么多作家朋友，可能有一些网友。在 2000 年周围有一些网友，他们也很有才华，他们的作品也很好。很可惜，当时大多数人没有坚持下去，慢慢地放弃了，我只是觉得自己很幸运，一直坚持到了现在。

杰夫·惠勒 > 非常同意您的这个观点，我写过一篇文章叫《世界上最孤独的职业》。以前我也在网上加入很多作家的小团队，对我来说很有帮助。最有帮助的是我认识的一位女性作家，她是写历史小说的。当时我给她写了一份粉丝邮件，寄到她那里，令我吃惊的是，她写了足足两页回信，这对于我来说是非常意外。后来我和这位女性作家成为私下的好朋友，她在写作第一本小说的时候经历了一场悲剧，大概写了九百页长，当时没有电脑，她先用手写，再用打字机打出来。有一天她把稿子放在车里被人偷走了，导致失去了唯一的手稿，有三年的时间她没有办法再次进行写作，后来终于鼓起勇气把原来的故事重新写一遍。从她身上我看到，尽管有时候在人们身上会发生悲剧，但依然坚持下去。她愿意和我成为朋友，对我来说也是一件非常令我感到开心和激动的事情。

主持人 > 两位作家都在说写作，很好奇你们的写作灵感到底从哪里来？为什么会有源源不断的灵感冒出来？

蔡骏 > 灵感对我来说就是日常生活，我是一个比较敏感的人，对于敏感的人来说，从来都不会缺乏灵感。小说是可能性的艺术，日常生活当中任何一种可能性，都有可能发展成一个虚构的小说、虚构的故事。日常生活如此，其实历史也是如此，当你赋予另外一种可能性的时候，就会变成一种历史的虚构，或者说历史的架空或者幻想。

杰夫·惠勒 > 我完全同意这个观点。只要历史当中一个小小的环节被改动，整个故事都会变得很不一样。米尔伍德系列和帝泉系列都是从先想这样一个问题开始进行创作，比如某一个小小的环节被改变，是不是其他的故事就会不同呢？

另外一点，斯蒂文凯恩是一位作家，他曾经遭遇车祸，受了非常严重的伤，导致他六个月时间没有办法进行创作。当他的伤全部痊愈后，发现再次开始写作变得非常困难，怎么遣词造句、怎么构思情节变得困难。想象的创造力好像是一种肌肉，需要锻炼，不然会越变越弱。这就是为什么我一套新书接着一套新书，希望不停地锻炼创造力和想象力的肌肉，当有了很强大的创造力，可以从生活细节当中找到更多灵感的源泉。尤其，此次我的中国之行，给了我很大的启发。

比如你脑海中有了一个想法、一个新的概念，从你的脑海中孕育这个想法到正式落笔大约多长时间？

蔡骏 > 写作是需要锻炼的，我觉得是非常重要的。写作，后天比先天更加重要，后天来自于不间断地保持创作的欲望和创作的状态。我现在这么多年来的状态从未中断过，一直保持持续地写作。一般来说，每年都要写一到两部长篇，还有很多中短篇。从开始有创意到真正开始去写，有时候会有很长的时间。经常是产生创意以后会积累下来，不一定马上去写。很多很好的创意可能是当时的能力达不到的，等你积累更多人生阅历或者锻炼更久以后，能力更强以后，才能够去驾驭它。我会先准备很多素材、很多灵感创意，慢慢地挑选，等到合适的时间再把它做大纲，做很多案头工作，最后才完成出来。现在我已经积累了大量的灵感、创意，等未来很多年才能全部完成。

杰夫·惠勒 > 我同意，这和我的创作过程非常相似。

主持人 > 听到这里，各位读者一定会想到一点，每次选中一本好的读物，或者买到一本心仪的作品，一定是各位作家积累很长时间，用了很多心血去完成的，正如帝泉系列、米尔伍德系列，还有蔡骏先生的一些作品一样，他们的完成或不能用呕心沥血来形容，但是一定是花费很多心思，积累很多素材去完成的。

这本书出版后也获得了很多读者的关注，两套系列也赢得了网站上的热销和推荐，我也是花时间看了这本书。我了解到，创作这本书的灵感或多或少来自中国的一些历史，请杰夫·惠勒先生介绍这里面是不是有中国的元素或者其他历史的元素等。

杰夫·惠勒 ＞ 在书中我也涉及到了一些中国元素，在米尔伍德系列、帝泉系列里，尽管读者们看到的很多是欧洲中世纪元素，其实我也借鉴了自己读到的《孙子兵法》，这些元素都在书中有体现。尽管我是很多年前读到的，但是我会把这些素材用一种巧妙的方式编合在书里。

比如在帝泉系列里面，上海文艺出版社出版了这套书的前三本，还有后面三本，我在构思第五部书的时候，上网查询了很多北京颐和园的相关信息，当时查询了有关时舟（音）的信息，相关内容也被我安排在书里面的一些场景中。这次我来到北京，有幸和家人一起去到颐和园，以前只在网页上看到的内容，现在我可以到现场亲身见证，对于我来说是一件非常棒的事情。

关于那个场景，我在那幕场景里面写作的内容，有很多人用武术打斗，也是非常有趣的一个画面。

蔡骏 ＞ 刚才杰夫·惠勒先生说到中国武术的概念，有一点点异曲同工之妙，西方的奇幻文学渊源流长。如果找中国的一种类型对应，过去是中国的武侠小说，这是中国特有的文学类型，有很多相似之处。除了武侠小说里的各种武功有点像西方奇幻小说里的法术、魔法、各种规则，中国武侠有各门各派，西方奇幻有各种示意、各个国家民族。中国的武侠有的会用真实历史，有的用架空的历史，不告诉读者到底是哪个朝代，有点像西方奇幻那种架空的方式。

杰夫·惠勒 ＞ 非常同意你刚刚说到这一点。在美国有一个电影《卧虎藏龙》非常出名，当中很多打斗场景。大学期间我对武术很感兴趣，也接受了武术训练，在我的作品中，大家可以看到很多打斗的场景，很多都是基于当时我自己学到的一些内容来进行创作。

我知道，中国的武侠小说和西方的幻想文学有很多共通处，比如《指环王》。我相信，不管中国作家还是西方奇幻文学作家都有非常了得的想象力。

蔡骏 > 阅读了杰夫·惠勒先生作品的时候，感到非常强烈的一种历史感。有一种说法，一切历史都是当代史。其实我们阅读历史的时候不仅读到当代史，可能也会读到一种小说的感觉。很多时候我们所看到的历史是经过人为的修改，甚至人为创造出来的历史，好像我们看到的奇幻小说那样的感觉。在杰夫·惠勒先生的作品中，也能够感觉到像在创造历史一样的，在创造一个世界。

问一下杰夫·惠勒先生，你的这些作品里面有哪些是具体的西方历史背景的来源，比如《红白玫瑰战争》之类?

杰夫·惠勒 > 我自己在大学期间获得过一个历史学硕士学位，当时专门研究的是玫瑰战争。在研修自己的家族祖先故事里，发现一位祖先曾经参与了玫瑰战争的最后一场战役。说到自己对于历史的研究，对它的兴趣，不仅仅来自于我的想象力，也来自于家族历史。我经常听到中国的一种说法，成王败寇，只有胜者才能来书写历史。

在米尔伍德系列、帝泉系列里都涉及到很多真实的历史内容，不过真实的历史往往是复杂又难懂的，我对它进行了一定的简化。在米尔伍德系列中我借鉴了玫瑰战争的内容。同时把整本书基于真实的历史人物，是当时一位公主，她的父母伤亡，被送到修道院，她死的时候孤身一人，身边没有任何亲人，对她的遭遇我感到非常悲伤，能不能给她换一个结局? 这就是为什么我会写米尔伍德系列的一个原因。

中国的历史对我的影响，多年前我读到这样一本书，书中观点：并不是哥伦布发现新大陆，而是中国人在 1423 年发现新大陆，我把相关内容都融合在帝泉系列第二部分里面。

问一下蔡骏先生，除了中国的文化以外，还有哪些国家的文化对您的写作产生了影响？

蔡骏 > 从文学角度来说，西方文学一定是对所有的当代作家，不管任何国家、任何民族的作家，都有强烈的影响。尤其是悬疑惊悚类型，以前这个类型在中国非常少，几乎没有。这个类型本身来说，是在欧美的 19 世纪开始发展起来，随着中国社会逐渐现代化和工业化，才会有了这样的土壤。所以我觉得在这个方面，中国在大量地吸收和借鉴西方文化的影响，尤其是我的这个领域。

主持人 > 刚才讲了写作、历史，我又好奇一个新的话题，是怎么把写作、历史和幻想、奇幻融合在一起？蔡骏先生进入的是悬疑类型小说的领域。分别向两位作家提问，你们是怎么理解类型小说当中奇幻的这个话题，特别是杰夫·惠勒先生，怎么想到把历史和奇幻结合在一起？

杰夫·惠勒 > 不同的作家都有不同的灵感来源，他们受到不同的东西启发。在我年轻的时候，当时美国的奇幻文学并不是那么流行，一般都是很少部分的人或者被人笑成书呆子的人才喜欢这种文学。如果当时说你喜欢奇幻文学，会被大家嘲笑、捉弄。到后来，有很多作家和拍电影的人做了很多努力，比如 J.K. 罗琳让阅读奇幻文学变成大众接受的事情。后来很多作家也做了很多贡献，让奇幻文学不仅变得可以接受，而且风靡美国。我觉得自己非常幸运，当我开始创作相关种类文学的时候，已经是一个很热门的领域。现在有很多电视电影作品都是关于奇幻文学的，都要归功于先前很多作家的共同努力。

很多奇幻文学的人都会涉及到各种各样奇幻的生物和魔法，如果是一个从来没有接触过这类文学的常人来读，会觉得有些困难，所以我就想，一定要写一些不同幻想的文学，让此前没有接触过这类文学的人能够轻松阅读。其实我经常能够听到读者这样去评论我：我以前是一个不读奇幻文学的人，但是非常喜欢读你的米尔伍德系列、帝泉系列。这是一件很值得庆幸的事情。不仅仅是读奇幻文学的读者对我的作品产生兴趣，而是那些喜欢悬疑、喜欢惊悚小说的人都会来阅读我的作品，因为作品当中会涉及到相应的一些其他文学种类的元素，所以他们也会对此产生兴趣。

有一个问题，每当市面上出现非常畅销的成功的作品，我就会买回来阅读。并不是因为畅销才去买的，而是以一个作家的身份去读，想去弄懂为什么这本书这么畅销，想去了解和学习那些作家成功的秘密。不知道蔡骏先生会不会做这样的事情？

蔡骏 > 不一定，首先要看自己是不是喜欢这部作品，如果不属于我的审美范畴，这个研究工作可以交给编辑来做。

近年来，奇幻文学在西方的流行，是因为文学在全世界范围内的流行。前几天我在法国交流的时候，其中一场活动是在法国的高中，我问法国高中生，他们看过哪些法国的文学，除了教科书上的东西以外，他们说不出来读过多少法国文学，问他们有没有读过凡尔纳，表示都没有读过，但他们都说读过《指环王》《哈利·波特》，这说明英美文学，特别是英美奇幻文学在全世界范围内的影响力很大。

杰夫·惠勒 > 我也很赞同这个观点，一个文学种类很可能在全世界都产生很大的影响，获得很大知名度。我自己也读了一些法国小说，我认为很多法国人也应该去读一读。

蔡骏 > 这是全球化所面临的一个问题，当某一种强势的文化开始流行的时候，自然而然地就会抢占其他的文化，包括好莱坞电影等一系列。当然，中国也有自己的奇幻文学，但是

中国的奇幻文学是基于中国的文化背景和历史背景，写出来的感觉和西方的奇幻文学是完全不一样的两种架构和内容体验。从文学角度来说，文学的形式越多样化，背后的文化背景更加丰富化，才是更好的一件事情。

杰夫·惠勒 > 在美国，人们不会经常地离开自己出生的国家，到别的地方探寻不同的文化。我的家庭和我一起去过很多不同的地方，这次他们和我一起在北京待了两周。去年我们一起去了墨西哥，带孩子们参观了墨西哥的一个孤儿院，也进行了一段时间的志愿者工作。我想让孩子们知道，这个世界上存在着很多不同的文化，让他们尽量地学习，并且尊重不同的文化，这和我们从哪里来、拥有什么样的国籍是没有关系的。我相信全球化的浪潮，让人们有更多机会去探寻不同的文化。接下来我想去新西兰，因为我想看看《指环王》的创作背景是什么样的地方。

主持人 > 两位作家分享了不同的写作经验、写作观点，还有思想上的火花碰撞。时间有限，把时间留给在座参加活动的读者，在场的读者是否有什么问题愿意提问？

问答环节

提问 > 我知道您之前在英特尔公司工作，我自己也是在外企公司工作。刚刚提到，你有二十年左右的时间是为现在的写作打基础，当您还在英特尔工作的时候，是怎么做到一边工作一边写作的？我知道您是在四年前才退休的。

杰夫·惠勒 > 对我来说，写作是一个兴趣爱好，写作给我带来很多欢乐。那个时候我非常忙，既忙工作又忙家庭，因为我有五个孩子。那个时候的写作时间很少，我就和太太商量，每周拿出一个晚上进行写作，这一个晚上大概用二到三个小时进行创作，一年我只能写一本书，花了三年时间完成米尔伍德大地传奇系列。平时开车上班路上在脑海当中构思故事情节。因为我已经在车里构思过了相关情节，当真正开始写的时候速度非常快，一周可以写出一章，等到一年以后，一本新书就问世了。

其实每个人每天拥有的时间都是相同的，对我来说放弃了看电视看电影的娱乐，我选择了写作。

提问 > 说一个轻松的话题，在写惊悚和魔幻类型的小说，是不是比其他类型小说更加烧脑？或者写完一部作品会非常精疲力尽，比其他的作品消耗更多能量？不写作的时候，平时会做什么呢？

蔡骏 > 写悬疑惊悚或者幻想，比一般的小说可能难写一点，需要想象力和一定的逻辑思维。从本质来说，任何类型的小说只要认真去写，都会大量消耗你的精神，消耗你的精力，和作品内容是不是简单或复杂没有必然的关系，取决于自己的内心，在这个作品上投入多少情感，投入多少人生的体验，完全取决于这个元素。

杰夫·惠勒 > 我觉得不是这样。我自己在进行学术写作的时候，会觉得精疲力尽。如果进行创意写作的时候，整个人会得到放松，好像是再次充电。我从英特尔离职的时候，给自己做了一个小的测试，每天写多少量的文字会对它保持兴趣，但是不会太累。
提到平时会做什么，在不写作的时候，我会散步、烹饪、弹钢琴，和家人一起度过愉快的时间，我们一起去不同的地方做不同的事情。

主持人 > 我可以透露，我和蔡骏先生是同龄人，但是他的白发比我多，更烧脑。但是杰夫·惠勒先生显然比我头发少，尽管他说很享受。

提问 > 你在写作的时候会不会写到一个环节卡住了，是不是要像做数学题一样跳到下一个环节，先把那部分写掉，再写这部分？

杰夫·惠勒 > 这是所谓的作家瓶颈，对我来说个人并没有这样的体验，只不过写得快一点或者慢一点的问题。平时是习惯完成一个章节的写作，再进行下一个章节的写作。不管花费一个小时还是两个小时，我不会跳过一个章节去进行下一个章节的写作，而是连贯地进行下去。

蔡骏 > 写作要讲究一个逻辑，讲究写作的感觉和先后顺序的通畅感。通常来说，写作是不能跳着来写的，除非是纯文学的作品，有特殊的结构，几个不同的人物、几个不同部分的结构进行重新穿插整合，这是结构上的东西，不在今天的讨论之内。

但是，写作如果遇到障碍，必须要想办法克服，这种克服不只是遇到这一章的问题，还是要克服整部作品的问题。如果出现问题，不是这一章出问题，可能是整个作品都有问题，如果要做调整，是整体的调整，甚至不惜卷土重来，都没有关系。

主持人 > 你是解决一个数学问题和另外一个数学问题，这个数学题不会，可以先解决下一个问题。可是写作不是这样的，他们就是在做一道数学题，卡住了就是卡住了，只能继续下去。

提问 > 请问两位老师，悬疑小说、奇幻小说和现实主义不太一样，是在现实生活之外重新创造一个世界来写故事。作为创造者而言，抛开现实生活，在一个幻想世界里享受这些情节和人物？还是说奇幻文学、悬疑文学对于当下的现实生活来说是不是有什么意义？

杰夫·惠勒 > 我的小说想要给读者传递一些信息，来教会他们一些事情。它们并不仅仅只是描述一些发生的事情或者故事，更多地是想传达一些信息或思想。我希望，我在书中表达的内容，能够和所有读者相互联系或者产生共鸣的关系。比如，《指环王》里面有一个叫弗罗多的人把戒指带到山上，一路要克服不同的困难。这就是对读者的启发，尽管人们会遇到不同的困难，但是还是要努力尝试去克服。在我的书中，经常会让主角处于挣扎的境地，他们需要解决很多难题。我相信这是很多人能够产生共鸣的东西，尽管很多事情很难，但是需要尝试。

我想知道蔡骏先生您的观点，惊悚小说距离现实生活很远，不会说今天要上班，被谋杀，怎么把个人经验和作品结合起来？

蔡骏 > 所有的小说都不是凭空产生的，都和作家日常生活、现实世界密切相关，不管是奇幻小说还是惊悚悬疑类小说，因为人的情感是相通的。在现实生活当中接触到的一切信息，感受到的一切情绪，包括恐惧、爱、恨，都可以在小说当中体现出来的。有的悬疑小说、惊悚小说是可以表达和直面很多社会问题，比如斯蒂芬·金的一些作品，再比如汉尼拔系列，也是表现了很多社会问题。包括奇幻小说当中，有的作品是表达一个架空世界，这个架空的世界某种程度上也是对现实世界的一种隐设。

提问 > 两个问题，第一个问题，您觉得作家对于观察人很感兴趣吗？他们愿意花很多时间观察人类吗？第二个问题，历史上有很多伟大作家，像海明威经历了世界大战，但也并没有在学校进行系统学习，您觉得后天的学习以及自己的人生经验这两个元素，哪一个才是作家成功的秘诀，哪个影响更大？

杰夫·惠勒 > 如果你去问我学校里的朋友或者我的家人，他们一定会说我是最无聊的人。很多作家都非常喜欢观察身边的人，如果你认识我们的话就很危险，很可能你会在哪本书里发现

自己变成其中的一个角色。书中很多角色都是基于真实人物，以他们为原型，会运用到他们的外貌长相，写到他们的性格，会把他们的穿着打扮借鉴到书中。作家都很喜欢观察别人，对作家来说也是非常重要的，我们需要关注这个世界，去关注身边的人。

作家也必须是一个很好的读者，有一位作家是我开始写作的契机，激励了我进行写作。很多人都以为他是在阅读《指环王》后产生想要成为作家的想法，其实并不是，他是被一位美国作家所启发的。这位美国作家写的很多作品并不是奇幻文学，给我的建议是读很多书，读不同种类的书，我会读很多自传，也读商业方面的书，读各种各样的书。要想成为一个好作家，需要阅读，也需要观察。

✏ 合影

✎ 对话现场

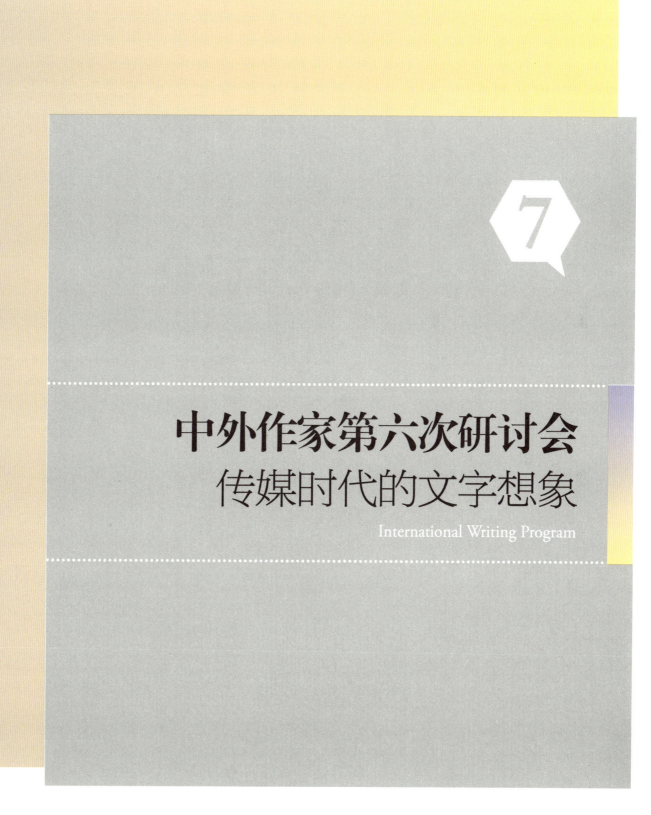

中外作家第六次研讨会
传媒时代的文字想象

International Writing Program

传媒时代的文字想象
中外作家交流研讨会
International Writing Program 2018

时　间 – 2018 年 10 月 18 日
地　点 – 上海作家协会
主持人 – 王安忆（上海市作家协会主席）

中方出席嘉宾

王安忆	上海市作家协会主席
王 伟	上海市作家协会党组书记、副主席
王宏图	复旦大学中文系教授、博士生导师
唐 颖	小说家
小 白	上海市作家协会专业作家
路 内	上海市作家协会专业作家
钟红明	《收获》副主编
蔡 骏	上海市作家协会理事、上海网络作家协会副会长
张怡微	青年作家、复旦大学中文系讲师
陆 梅	《文学报》主编
木 叶	《上海文化》编辑
黄少政	英美文学翻译家

外方出席嘉宾

克里斯托斯·克里索波洛斯 Christos Chryssopoulos	希腊小说家、诗人
加布里埃·迪·弗朗左 Gabriele Di Fronzo	意大利小说家
杰妮娅·兰碧堤 Ginevra Lamberti	意大利小说家
卡雅·阿达维 Katya Geraldine Adaui Sicheri	秘鲁小说家、编剧、摄影师
马瑞科·可塞克 Marinko Koscec	克罗地亚小说家
塔卢拉·弗洛雷斯·普列托 Tallulah Flores Prieto	哥伦比亚诗人

"2018 上海写作计划" 驻市作家

安库什·赛迦（印度）　　　　　　约瑟芬·威尔逊（澳大利亚）

奥尔森·本特（瑞典）　　　　　　卡特琳娜·穆里基（希腊）

迪米特罗斯·索塔克斯（希腊）　　曼苏拉·埃尔丁（埃及）

艾瑞菲丽·玛丽·索蒂珀罗（希腊）　马蒂亚斯·波利蒂基（德国）

伊娃·佩泰尔斐·诺娃（匈牙利）　　米兰迪·里沃（澳大利亚）

弗朗西丝·爱德蒙（新西兰）　　　特里蒂娜·特里斯卡亚（乌克兰）

佩泰尔斐·盖尔盖伊（匈牙利）

中外作家第六次研讨会
传媒时代的文字想象

时　间：2018 年 10 月 18 日
地　点：上海作家协会
主持人：王安忆（上海市作家协会主席）

王安忆 > 欢迎参加中国作家协会鲁迅文学院国际写作计划的朋友们来到这里和我们座谈。每届参加上海写作计划的外国作家都会和上海作家对谈，今年中国作家协会的加盟使座谈的阵容更大，所以我们把会议的时间延长到一天。每个人先介绍一下自己，很多朋友互相之间是陌生的。从我左边开始，顺时针方向介绍。我叫王安忆，我是今天会议的主持人，是一个小说家。

王宏图 > 我是王宏图，是复旦大学的教师。

黄少政 > 我是黄少政，来自北京，为鲁迅文学院国际写作计划担当文学翻译。

佩泰尔斐·盖尔盖伊 > 我是来自匈牙利的小说家佩泰尔斐·盖尔盖伊，至今发表过九本小说集，很多被翻译成德语和波兰语。

伊娃·佩泰尔斐·诺娃 > 我是来自匈牙利的小说家伊娃·佩泰尔斐·诺娃。

钟红明 > 我叫钟红明，编的文学杂志是《收获》，去年是这本杂志诞生六十周年。我在《收获》杂志工作了三十三年。

特里蒂娜·特里斯卡亚 > 我是来自乌克兰的小说家、记者特里蒂娜·特里斯卡亚，作品包括小说和短篇小说集，2006 年出版的第一部诗集曾获多种奖项。

加布里埃·迪·弗朗左 > 我是加布里埃·迪·弗朗左，来自于意大利，同样是小说家。

张怡微 > 我是复旦大学中文系创意写作专业的教师张怡微，发表过多篇小说。

吴欣蔚 > 我是吴欣蔚，在鲁迅文学院办公室工作，主要负责鲁院的写作计划。

陆梅 > 大家好！我叫陆梅，来自《文学报》，二十二年以来都在与作家作品打交道。我写儿童文学。

迪米特罗斯·索塔克斯 > 大家好！我叫迪米特罗斯·索塔克斯，是希腊人，出版过十一本小说，我的小说被翻译成很多语言。

米兰迪·里沃 > 我是米兰迪·里沃，来自澳大利亚，是小说家，作品包括短篇小说和侦探小说。

路内 > 我是路内，是小说家，出版过几本长篇小说，有一些英文的译本。

约瑟芬·威尔逊 > 我是来自澳大利亚的约瑟芬·威尔逊，同样是一名小说家，发表过散文和文学评论。与此同时，我也在大学教授艺术和设计史以及表演艺术。

马瑞科·可塞克 > 我是马瑞科·可塞克，来自克罗地亚，是小说家。

小白 > 我是小白，来自上海，写小说和随笔。

杰妮娅·兰碧堤 > 我是杰妮娅·兰碧堤，来自意大利，也是小说家。第一本小说出版于三年前，小说在意大利和法国出版。我最感兴趣的话题是失去与死亡。

蔡骏 > 我叫蔡骏，写过三十多篇长篇小说，主要写悬疑小说，我的作品大约有英语、法语、俄语等十几个语种的译本。

克里斯托斯·克里索波洛斯 > 我是克里斯托斯·克里索波洛斯，来自希腊，是小说家和诗人，已经出版过十八部散文集和中长篇小说，作品被翻译成英语、法语、意大利语等多种语言。

塔卢拉·弗洛雷斯·普列托 > 我是塔卢拉·弗洛雷斯·普列托，来自哥伦比亚，是大学教授，是巴兰基亚国际诗歌节的创始人，在麦德林国际诗歌节担任翻译。

木叶 > 我是木叶，来自上海。我写诗歌，做文学评论和文化访谈，我在《上海文化》杂志工作。谢谢大家！

安库什·赛迦 > 我是安库什·赛迦，来自印度。我是小说家，也写纪实文学。

弗朗西丝·爱德蒙 > 我是弗朗西丝·爱德蒙，来自新西兰，是一位女性主义小说家，对女性故事非常感兴趣。

唐颖 > 我叫唐颖，是上海作家。

卡雅·阿达维 > 我是卡雅·阿达维，来自秘鲁。我写短篇小说，是小说家、记者，同时也是一名编辑。

王伟 > 我是上海作协的工作人员王伟。

王安忆 > 今天的题目是"传媒时代的文字想象"，这个题目是我决定的，为什么用这个题目？因为这与我们今天的写作现实有关系，也涉及到虚构和非虚构的关系问题。在当下的文化环境里，纪实性的内容覆盖了我们的视野，包括影视，也包括书籍中传记文学等对历史事件的描写。我感到的困惑正在于，这样的情况下虚构文学是否还有存在的可能性？我们会看到很多包括好莱坞大片在内的电影，一部电影结束最后出现一串文字：根据某

王安忆

上海市作家协会主席

某真实事件改编。这已经变成潮流了。当然不能否定虚构和非虚构的关系，哪怕是虚构写作，依然源自真实的生活，可是当如此庞大的真实涌现到我们面前，虚构有没有必要？我们还能再做些什么？这是我们今天想讨论的，讨论或许不能解决问题，但是可以交流。

我们每年邀请的作者中很多都在从事非虚构的写作，我也和安库什·赛迦先生沟通过。我想知道，从事非虚构写作的作者在面对具体材料的时候，会进行哪些工作？他进入到文本以后，看到的还是不是真实的世界？这些也是我们希望讨论的。尤其对于非虚构来说，它是真实发生的，特别具有说服力。在这种强大的说服力之下，虚构似乎只有投降。在这样的境况下，我们还能做什么？大家现在可以开始讨论了。

唐颖

小说家

唐颖 > 安忆提的问题是我最近在想的。前一阵遇到朱大可，他说，现在社会发展那么急速，发生了那么多事件，你们还有没有必要再写小说？他觉得，随着社会的发展，写纪实都来不及，为什么写小说？我是虚构作家，我有一种受到挑战的感觉，回来之后想了很久。

社会发展那么快，发生了那么多戏剧性的大事件，为什么我们还要写小说？我觉得，虚构小说有它的美学追求、美学理想，虚构文学更多是写人的内心的，非虚构文学更多集中在外部事件上。有一个网民在读过一位英语作家的作品之后说："这部小说掀起了我内心隐秘的风暴。"我看了这句话非常感动。这就是虚构小说的力量。虚构小说更多深入人内心的隐秘地带，探索人之间微妙的关系，我想这是非虚构的作品与虚构作品之间的差异。

约瑟芬·威尔逊 ▷ 我们开始讨论这个话题之前，需要区分两个概念：现实和真相。大家都看到，当代已经面临着对真相的信仰坍塌，不论在什么国家，我们每天都能够听到对于新闻的怀疑，很多假新闻、阴谋论，甚至有人怀疑在上世纪 60 年代没有登月成功。这些怀疑在美国现任总统特朗普身上表现得非常明显，他和他的民众对于现在新闻媒介权威的挑战和怀疑已经成为了当下非常重要的现象。我认为这一现象对于虚构作家来说既是挑战也是机会。我在写作里会运用一个技巧：在我的虚构作品中经常使用真实的照片，来模糊现实与虚构的边界。

约瑟芬·威尔逊

"2018 上海写作计划" 驻市作家

弗朗西丝·爱德蒙 ▷ 不必太纠结于这些概念，无论虚构写作还是非虚构写作，与现实本身都是有距离的。对于现实来说，虚构与非虚构写作之间的界线没有我们想象的那样泾渭分明，即使在当代信仰坍塌的大背景之下，写作这件事的本质也许并没有发生像我们所想象中那么大的变化。

就我个人而言，很多时候，真实发生的事件并不是好的虚构写作材料，与此同时，在大众传媒中我们所看到的东西其实也并没有经过个人角度的复述。个人性和故事性，无论对于虚构文学还是对于非虚构文学，都一直将有其一席之地，这是我的信念。

弗朗西丝·爱德蒙

"2018 上海写作计划" 驻市作家

马蒂亚斯·波利蒂基 ▷ 我曾经在古巴住过一段时间。有一天发现外面特别热闹，我出去一看，有一艘大型游轮停靠在港口，很多人载歌载舞地庆祝。我以前好像没有看到过这样的景象，旁边的记者面对这个景象显得非常

马蒂亚斯·波利蒂基

"2018 上海写作计划" 驻市作家

振奋。我想，这是古巴应有的样子，我可以想象，他回去之后会写这个故事，写古巴人民怎样载歌载舞。他们多么热情。

这让我想到，我在德国的时候，有一次在一个小镇上，有一个记者去做关于某个节日的采访。当地人说，他们没有什么特定的形式来庆祝节日，但是为了让这个记者回去有好的采访可以写，就说，那我们来庆祝一下吧。他们杀鸡相贺，一边吃鸡肉一边喝朗姆酒，他们想象这个记者回去以后，一定能写出非常精彩的庆祝这个节日的故事。

作为虚构小说家，我们写作并没有受到时间的限制，这让我们能够把节奏放慢下来，在放慢节奏的过程中，有一些真相会慢慢地浮出水面，这是虚构作家所具有的天然优势。

塔卢拉·弗洛雷斯·普列托 ＞ 我在这里谈谈自己的观点。我认为技术不是问题，问题是技术已经改变了我们观看的方式。曾几何时，我们与自然母亲的联系是如此紧密，但是现在却丧失了这一点，我们已经没有办法用以往自然的方式去观照去观察生命。

王宏图 ＞ 好多年前人们说现实超越了作家的想象，所以写虚构作品的作家在复杂的现实面前往往自惭形秽，觉得凭借自己笔力无法反映复杂的现实。现在尽管信息很多，但仔细看一下，新闻、八卦、断断续续的絮语碎片，这些东西不是文学，即便读了这些东西，也不会感到情感上的满足，或者求知欲望的提高。我觉得文学，虚构性的写作扎根在语言系统当中，这和语言以及族群特定的生活方式有关，它不是单纯的工具，而是把历史凝聚在里面。

王宏图

复旦大学中文系教授
博士生导师

19 世纪后期到 20 世纪，有一个声势浩大的世界语运动，过去听长辈说中国有"世界语爱好"。为什么"世界语"不太成功，因为它是一种人造的语言，没有以活的用"世界语"说话的社群。在我们这个时代，信息看起来特别多，但是，写虚构文学的作者应该意识到，人性很多东西并没有随着技术改变而改变，比如每个人都有自己成长的经历、烦恼、苦痛，成年的时候有奋斗的雄心、野心，老年时代有迟暮感，这种基本的人生体验，尽管细节会改变，但是基本的框架很难被彻底改变。

最后，虚构文学还有一个特征：它提供想象力。这里说的想象力不仅仅是你脑海里虚构的一个场景，实际上，突破现实世界框架，想象另外一种生活方式。除了现实之外，网上还有用得很滥的词：还有诗和远方，意思是说我们在精神上有乌托邦的冲动，乌托邦有时候给我们的生活造成很大麻烦，但精神如果没有乌托邦的元素，便只能屈从于现实，最终会丧失前进的动力。

特里蒂娜·特里斯卡亚 ＞ 我认为语言方式其实决定我们看问题和思考的方式。我们常说法语是浪漫美丽的语言，拉丁语是诗歌的语言。英语更像商务性的语言，我们现在所看到的英语世界里所谓的假新闻，它的存在大多是为了商业的目的，这与我们所看到的真相并没有太大关系。

特里蒂娜·特里斯卡亚

"2018 上海写作计划"驻市作家

路内 > 我刚从台湾访问回来，在台湾宣传自己的书的时候，发现了一个很有意思的现象：读者和当地媒体都会愿意听你讲自己的故事。他们知道我是虚构小说家，但在听我讲书的时候，想通过小说知道真实的东西。相反，今年上半年我在英国，在和利兹大学中文学者聊天的时候、讲小说的时候，也发现了一个很有意思的现象：当我讲到中国神话的时候，这些受过深厚教育的学者丝毫不认为这些神话是虚构的，他们完全用"这是真实存在的故事"的态度来看待中国古代的神话。这两个问题结合起来，变成了像朱大可老师所说的现实和虚构之间的矛盾，在我看来是一个"去政治化"和"泛政治化"之间的矛盾，政治是非常当下、非常纪实的，但会不断地过去，我们需要用新的政治化的事物填补过去旧的政治化的事物。随着逐渐强化的传媒时代的到来——这个速度在加快，加快使它强度在增加——我是写虚构的作家，不单是虚构作家会面临这样现实中巨量信息的问题，非虚构的作家可能也会面临着故事概念的定型问题。看齐泽克的书时，我觉得很有意思的是他在解释政治现象的时候是用黄色笑话来定型。

路内

上海市作家协会专业作家

米兰迪·里沃 > 之前我和特里蒂娜·特里斯卡亚聊天，聊到翻译的时候，她认为英语是更商务的语言，这有时是西方文化话语对于他人投射的结果。但是我有不太一样的见解。我认为，翻译更像是再创造的过程，在这个过程中你能够了解原作者的世界是怎么样，他的观点是怎么样，你还可以想象他的写作过程是什么样的。这些是现代的翻译中更加有趣的方面。对我来说，虚构的意义就是在于揭示大众媒介上所虚构的文化，比如我第一部作品的故事是发生在印度尼西亚，在西方尤其是澳大利亚的媒介上，印度尼西亚有三个特点：恐怖主义、伊斯兰教、巴厘岛多么适合旅行，但是在我的小说故事里，你将看到非常不一样的印度尼西亚。

米兰迪·里沃

"2018上海写作计划"驻市作家

伊娃·佩泰尔斐·诺娃 　> 生活在匈牙利的女性作家面临一个难题：匈牙利人认为女性作家写的都不是虚构文学，而是她们真实发生的故事。为什么有这样的观点？他们认为匈牙利女性作家没有能力做虚构写作。我第一部小说是非虚构小说题材，自那以后，对于我所有作品，大家都会有一个误解，他们认为这写的应该也是现实生活，是非虚构的写作。在我另外一部小说《女人》中，我讲述了一位罹患癌症的还不得不忍受家庭暴力的女性，当时读者认为我的丈夫是故事的原型，很多人恨不得杀了他。我下一部小说将会是一部侦探小说，其中会包含着对叙事者自杀倾向的描写，我希望我读者不要认为这就是现实中会发生的事情。

伊娃·佩泰尔斐·诺娃

"2018 上海写作计划" 驻市作家

弗朗西丝·爱德蒙 　> 认为女性没有能力进行虚构写作并不是匈牙利才有的问题，作家马克·吐温认为简·奥斯汀无法创作出带有讽刺性的文学，因为她不具有能力让她笔下的角色不讨人喜欢。有时候文本是被男性审视的目光下来发生的，很多女性的作品只被认为是女性的肖像文学，如果进入严肃文学需要经历非常多的挑战和困难。

约瑟芬·威尔逊 　> 对我来说，大部分男性读者认为女性讲不好故事，这是件非常荒谬的事情，因为女性完全无法停止讲故事和说谎，一旦开始她们就停不下来。她们有着非常悠久的说谎史。

卡雅·阿达维

秘鲁小说家、编剧、摄影师

卡雅·阿达维 > 我想提到一个很有意思的现象：我们的读者绝大多数是女性读者，一直以来都是这样。特别在南美洲。现在在南美洲尤其是阿根廷，最主要的作家是女性作家，在她们和我的写作中，最有挑战的事情就是创作超越语言、避免重复自己的文学创作，写作对我来说，一直都是一场战斗。在诗歌中，我应该怎样在讲述自己恐惧的同时去战胜它，将原本已经破碎的自己一片片地粘合起来？我又要怎样才能在迷路中为自己找到出路，让自己变得完整，做到自我疗愈？这些是我通过写作想要获得的东西。

塔卢拉·弗洛雷斯·普列托 > 我非常同意卡雅·阿达维的观点。从中世纪到现在，很多人失去了对女性创作的信任是因为女性的很多作品没有发表。近期有一个研究，关于跨掉的一代，有很多女性的作品被找到了。我相信，我们面临的语言障碍以及生活本身的挑战都将会持续，但总体来说，女性应该有更多的机会发出自己的声音。

木叶 > 有一个说法我特别喜欢：最好的作品和最好的作家应该是"雌雄同体"的，福楼拜写完《包法利夫人》以后，有人指责福楼拜对女性的某些看法。福楼拜有一句话如此说道：我就是包法利夫人。这种"雌雄同体"，一方面是指创作的时候男性要理解女性，女性要理解男性，另一方面，作为作者，还要对所创造的女性予以理解。

回到王安忆老师说的虚构和非虚构的话题。无论虚构还是非虚构，无论原创作品还是评论，抑或是小说、诗歌、戏剧、散文、电影等各种各样的作品，有一点是很接近的：一切在完成讲述的时候就过去了，我们想要回到原本的真实是非常困难的。无论是虚构还是非虚构，都是在用既有的世界和自己的思想、才情，共同建

木叶

《上海文化》编辑

立另外一个世界。我们用既有的世界的一砖一瓦、一草一木、血肉之躯和思绪去建立一个新的世界。这个过程中是一种竞技：我们是在和造物主或者上帝、神在竞技，另一方面，我们在和这个世界的混沌以及世界的真相、假相进行竞技，我们在建立新的世界。新世界的建立分为几种，有一种是我们特别想要在其中生活的世界，或者我希望适合我的孩子生活的世界；另外一种是更虚构、更狂想、像乌托邦一样的世界；还有一种是你以提出问题的方式去触碰现实世界的问题、破绽，在这个过程之中所形成的世界。

现实再丰富，媒介再纷繁复杂——现在还有人工智能 AI 的出现——这些都是世界的状态，如果你没有那双眼睛和才华，没有那种思想的根基，这些东西你是看不到的。比如水，有自来水，有长江之水，有尼罗河，有滴眼液，但我们怎么写水？菲利普·拉金是英国的诗人，他写了一首诗是关于水的。无论世界多么复杂，到最后，还是怎么处理这个世界的问题，他说：我要用水去建立一个宗教。这一句话让我彻底对世界、对水重新进行理解，让我遐想它的纯洁性、澄明性，混沌的、形而上的方面。这些现实可能是看不见的现实，摆在你眼前，如果没有才华，就看不见这个现实，再纷繁复杂也看不见。面对那些再简单的东西，如果你只有一双眼睛，也会看到无比复杂、无比深奥、无比神秘。

王安忆 > 听了大家发言，似乎是女性作家在声讨男性世界。我有一个疑问：我感觉到，女性比男性更会讲故事，荒岛时代在火盆旁边讲故事的是老奶奶，而不是老爷爷嘛。阿拉伯故事集《天方夜谭》里一夜一夜讲故事的也是一个女性，在中国当代，女作家更倾向于虚构写作，而做纪实媒体或者是纪录片更多的是男性作家。我想问一下，世界各地尤其南美、澳大利亚、东欧的女性作家的处境是怎么样的？

曼苏拉·埃尔丁

曼苏拉·埃尔丁

"2018 上海写作计划"驻市作家

> 刚刚听到大家对女性写作和翻译的看法,我补充几点。对于翻译,我无比赞同,但我也经常在媒体看到很多被曲解的话语。很多时候我们在媒体上看到的是已经加入了政治和社会元素的话语。我们甚至希望看到具有异域风情的他者。我觉得翻译是一件很好的事情,但现在我被认为是非常具有异域风情的他者,对于这件事情,我已经受够了。我同意米兰迪·里沃的观点,我认为我们的文化被媒介曲解得非常严重了,很少人能够透过媒体看到文化的真相。我们的形象和影像因此被大众所曲解,这同样也发生在我们对女性的看法上。我认为女性的被代表和其他文化的被代表其实是很类似的,虚构写作是改变这一现状的唯一办法。只有当我们拥有足够多的来自不同文化的虚构作品的时候,我们才能真正把他们当作人,而不是媒介塑造出来的具有异域风情的他者。他们不再会是面目全非的一串数字或是受害者,或是完全没有存在感的群体。所以,在开始写作之前,我们当然要努力去摆脱大众传媒对我们的影响。

迪米特罗斯·索塔克斯

迪米特罗斯·索塔克斯

"2018 上海写作计划"驻市作家

> 我同意,写作对我来说有一定的个人目的,但这个目的不是自我疗愈,而是某种程度上对现实的远离。在写作的场景下我刻意与现实保持距离,刚刚有作家提到对现实的逃离并且在此基础上创造出新的世界。我认为现实没有那么有意思,我对很具体的地理位置、细节并不感兴趣,我对于大众媒介所传播的内容其实持否定态度,并不是因为我觉得新闻造假,而是我希望摆脱传媒信息的影响,在这种情况下我才能进行纯粹的创作。

回到刚刚的话题,我觉得这个界线非常模糊,作品所构建出来的真实和我们认为的真实之间的界线——无论有没有这样的真实存在——是非常模糊的,我会在我的写作中告诉人们我们应该如何生活,我的作品中也会有生活的细节。

陆梅

《文学报》主编

陆梅 > 传媒改变了我们生活，无可置疑，但是作为以文字为业的人，无论虚构还是非虚构，作家都不应该满足于对事实的想象，这不等同于价值的想象，文学更高的目标应该是创造有价值的想象。现在的问题是，这些扑面而来的故事，无论虚构非虚构，实际上拖垮了我们的想象力。

我们现在每天拿着手机，手机是我们的一切，我们现在生活在虚拟的现实里，如果没有手机会手足无措。现在年轻人都不爱提问了，也不看天空了，每天就是低头，一部手机就是完整的世界。我们眼下信息越来越繁盛丰富，但是内心越来越空荡苍白，这是事实。我想说的是，对于更年轻的写作者来说，怎样逃离，从故事里走出来、逃离经验，关注身边的现实、人和人的沟通，进行自我建构，是很重要的。我们上海的作家周嘉宁在《基本美》里写到"下沉式"的生活，更年轻的一代都沉浸在"下沉式"的生活里。对这种状态是不是应该有所思考、改变，可能是更年轻作家要面对的问题。希望更年轻的作家有所呼应。

塔卢拉·弗洛雷斯·普列托 > 在哥伦比亚，作家经常出现在公众视野，在大学演讲，不会刻意去与人群保持距离。作为经历六十年战乱的国家，真正的逃离也是不存在的，他们就是现实中的人，生活在实在的地方，和真实的人打交道。我认为写作需要浸润式的体验，而不是试图逃离。这是我分享的个人观点。

迪米特罗斯·索塔克斯 > 我并不是想要逃离人群，只是我去观察他们，以一种相对疏离的方式，这样在我看到的同时也能增进我的评价，把我的态度注入我的写作。

曼苏拉·埃尔丁 > 我对现实也有着怀疑的态度，我的大部分小说并不完全是基于现实来写的，但我并不认为这种写作是对生活的逃离，与之相反这是我理解现实的方式。对我来说，现实就是由梦和幻想组成，有时也包括噩梦。我现在生活在中东，我有一段时间会暂停写作，然后问自己，现在我在中东，应该写些什么？我周围充斥着战争，有些城市都不复存在了。我无法用一种驾轻就熟的手法或者很轻松的态度去记录这些事件，我也不想戏剧化成在电视报道的灾难。这就对我提出了新的挑战：我必须透过战争的表象去看到我周围所发生事件的本质。现在埃及、中东地区也有很多纪实类的文学，但是我想要进行的写作与它们不同。但我另外又有一个问题：我要如何分清现实和我们所处在的影像世界。当下基本上没有办法区分社交媒体上的影像和现实中正在发生的事件之间的不同。当然，这也是我非常感兴趣去讨论、研究的话题。我相信真正的现实其实是有一定的排他性的，我们的现实已经被大量重复地使用了，超过以前的各个时代。

佩泰尔斐·盖尔盖伊 > 我们所讲的故事更多是我们内在的投射，我们的思考很多时候是内化的过程，就好像做梦，虽然我们做了一个感觉很真实的梦，但它是不是真的，从物理学的角度它并不是真实发生过的。很不幸的是，对于人类来说，我们也许永远无法触碰到最真实的真相。所以，我并不认为存在所谓的绝对现实的影像，更多所看到的是个人角度的影像。谢谢！

佩泰尔斐·盖尔盖伊

"2018 上海写作计划" 驻市作家

黄少政

英美文学翻译家、学者

黄少政 > 我是做翻译的，做《圣经》的英译汉翻译。从译本的角度看作家的价值，是媒体时代中作家所面临的问题，也是译者所面临的问题。去年鲁院一位作家请我看他自己翻译的发言稿，他的英语很好。看了他的翻译以后，我发现了五处语法错误。后来我把原文输入到谷歌翻译，译文只有三处错误。如果说机译已经有五十年到七十年经验的话，今天 AI 的翻译规则已经变了，变成了大数据。今天的机译区分了翻译学意义上的应用文本和文学文本。对于应用文本的翻译来说，机译已经全面超越人工翻译；而文学语言的特征就是有强烈的抒情、象征的运用，具有个人特色的语言，这是机器永远无法超越的。对于作家来说，如果谷歌就可以翻译他的作品的话，他的创作就没有前途。

马蒂亚斯·波利蒂基 > 我想要回到对现实的讨论。第一个问题，我们现在到底是活在什么样的时代？我们面临的是什么样的困境？在德国，很多文学作品已经只有老人们阅读，年轻一代不太在乎了。但我很欣喜地看到，现在德国出现了现实主义文学和政治文学的复兴。这让我想到我的一位朋友，在他临终前，我读过他很多作品，有虚构也有非虚构，他写过男人也写过女人，写过生于上世纪 60 年代的人的生活，也写过生在 70 年代的人的生活。说实话，他写的大部分人都太无聊了。我其实对他们的生活细节一点也不感兴趣，但他们为什么还要读、还要写，就是因为语言。

我们讨论虚构也好，非虚构也好，现实也好，真相也好，我们作为作家，不能忘记我们最本质的对语言的追求，所有其他的要求都应该是其次的。

安库什·赛迦 > 我认为今天的主题是非常有意思的。我有一个六岁的儿子，我每天观察他，他用手机和平板电脑，所以他们的文学应该会不一样吧。回到这个主题，写作本身是一个虚构的过程，很多时候，很多人在很多地方生活，他们没有写作，也不读书，这完全没什么问题。当我完成两三本小说之后，就会想，我的经历似乎不太够，于是我就回到了纪实文学，开始进行新闻和散文创作。当然，纪实文学使用的框架是完全不同的，但从长远的角度来看，它对于虚构写作也是很有帮助的。我这次来上海要完成一个任务，完成我的一本模糊虚构与非虚构边界的小说，但是因为来到上海之后感觉这个世界太疯狂、太多事情在发生了，我并没能完成这部作品的创作。

安库什·赛迦

"2018上海写作计划" 驻市作家

王安忆 > 谢谢大家！我们上午的讨论到此结束，下午两点继续讨论。

王安忆 > 接着上午的题目进行讨论。我们可以更深入地进行讨论。从广义上说，将任何事情转化为文字，便已经是虚构了，已经与存在的方式有所不同；但是从狭义上说，纪实和虚构、虚构和非虚构之间的界限还是应该被界定的。谈谈我最近的经验，请大家讨论。近两年有一部电影《冈仁波齐》，完全以纪录片的方式讲述故事，地点、时间都是真实的，演员也都是非职业的演员，他们维持自己生活中真实的身份。他们到一个圣山朝拜，一路磕长头，摄影机就跟拍。这些人中有小贩、农民、学生、老人，还有孕妇。途中会发生一些事情，比如车坏了，或者孕妇在途中生孩子。摄像机非常忠实地跟拍，我们完全相信在这么平淡的跟拍中，可能会发生一些戏剧性的事情。在影片中，一位老人在途中去世了。电影结束以后，我们作为观众在一起讨论：他是真的去世了，或者

只是编导的安排？

后来，我们到网上调查，这个老人是真的去世了，还是这只是创作出的情节？如果是真的去世，我们会认为，作为创作者他们是幸运的，他们能够在旅途中遇到孕妇生孩子和老人去世。但后来调查的结果是，这位老人没有去世，但他经过编导人员的说服，这个说服的过程非常艰难，因为这对他们的自然观来说是很大的挑战，他们觉得生死是天来定的。我感到巨大的困惑：我们可以忍受电影中单调的磕长头情节，就是因为它呈现出真实的人生，但故事最后出现的情节，让我觉得违反了电影试图呈现的"我们应该尊敬天意"的本意。在上午的讨论中，我听到作家们频繁提到一个词"真相"。我的困惑是，对于虚构和非虚构，哪一种更接近真相？

张怡微
青年作家、复旦大学中文系讲师

张怡微 ＞ 我觉得一个现象比较有意思：在中国，对非虚构写作的讨论大多被放在新闻学院，而不是文学院。我们通常把传统的报告文学、纪实文学、新闻写作特稿大致归入非虚构写作。我在学校创意写作的课程中担任散文课的教师。中国有很深厚的散文传统和散文理论，小说理论是比较少的，学生更感兴趣的也是非虚构写作。我曾经布置过一个作业：我让我的十几位学生选择上海任意一条地铁，先从头坐到尾，碰碰运气，看会不会遇到什么故事，他们在一些特殊的站点，比如火车站、机场的地铁站，他们会不会有不同的见闻。但是通过学生的作业反馈，我发现一个非常有趣的现象：我班上有三个学生本科是新闻系的，他们非常老实地从头坐到尾，还拍摄了照片。虽然他们没有遇到故事，但是告诉我他们去过了。可对于本科中文系背景的学生来说，他们更多的是靠想象，他们会从某一个站点引发很多的想象，他们甚至想到自己的孩子们、想到宇宙。但他们似乎没有把作业完成，并没有真正完整地坐一次地铁。

这给我很大的启发。某些专业训练可能被我们忽略了：有新闻采访背景的学生可能真的会打电话强迫自己认识陌生人，但文学艺术背景的学生可能不会这么做。

加布里埃·迪·弗朗左

加布里埃·迪·弗朗左

Gabriele Di Fronzo

意大利小说家

> 纽约公共图书馆有自助服务电话号码，经常接到不寻常的电话。能够打电话到那里的人，要么有一个在线搜索引擎，要么是一个知识渊博之士，或者在人类知识的某一领域都受过高等教育。有些打电话来的读者，问的问题非常离谱，比如"纽约城里有多少神经病患者"？或者"你能告诉我过去用左手吃饭的英国国王和王后的数量吗"？以及"你有关于被遗弃妇女寿命的统计数据吗"？如果我有机会拨打免费洲际电话，我可能也会这么做。不打白不打，不是吗？例如，为了准备这次研讨会，我会要求电话另一端告诉我"文本想象"是什么意思。

1981 年，索菲·卡尔曾有一次演出，她一丝不苟地在笔记本上记录自己所有的行动。这位法国艺术家匿名请了一位私人侦探，向她报告一下她的行动记录，显然索菲·卡尔的日记与侦探的报告之间有很多矛盾之处。

我们的秘密日记，我们和朋友在餐厅吃午饭时拍的照片，我们在脑海中创造的形象，等等，它们展示的可能是现实，也可能是想象的现实，它们比上述两份报告有更多的矛盾点。说到我自己，我患上了"文学狂躁症"。我在多年前染上了这种病。我的想象是一种包含着他人在书中涌现出来的幻想的混合体，这些想象会出现在我写的书中。我经常分辨不清这些是我亲眼目睹的，还是我在什么地方读到的，还是我在睡梦中做了一个梦的碎片。

如果那时我手头上有几枚硬币，我就会向纽约图书馆的服务台咨询：如果一个作家不能依靠其他作家的想象力为他提供庇护，他会成为什么样的作家？

在签署编写第一部英语辞典的合同时，塞缪尔·约翰逊为作家们写了一篇祈祷文："哦，上帝，迄今为止，你一直支持我，使我能够继续从事这项工作，并完成我手头承接的全部任务；当我在最后一天把我的才能交付别人时，我应该得到上帝的宽恕。"这些文字写下来的时间定格在 1753 年 4 月 3 日。二百六十五年后，一位意大利作家在他出道不久，应邀来到上海演讲，他以塞缪尔·约翰逊的口吻祈求道："让我的想象力随时随地迸发出来，让它爬上别人的幻想，让它和其他人的幻想融合在一起，就像宫殿外墙上的枝叶缠绕的常春藤。"

克里斯托斯·克里索波洛斯

克里斯托斯·克里索波洛斯

Christos Chryssopoulos

希腊小说家、诗人

> 当我听到加布里埃·迪·弗朗左发言的时候，我在思考，我是不是同样患有这种文学狂躁症呢？我也想到了一篇非常古老的哲学著作：苏格拉底曾经在一篇对话集中讲到，他信奉现场交流的话语，他认为写作有一个潜在的危险：当语言沉淀成文字作品的时候，便对于读者没有任何限制，或者说，读者可以以他想要的方式来理解这些文字。对我来说，在享受文学作品的同时，我们也需要抵制自我阐释的诱惑，有时候它可能会把我们带到自己都不曾想象过的地方。在阅读的过程中，我们需要一边享受一边抵制。我们可能同样是文字狂躁症的病患，当然，也像某些医学案例一样，很多时候人并非因病而死，而是吃药过多而死。我觉得对于文字迷来说，即使拥有再多前辈们的想象也是安全的。

马瑞科·可塞克 > 我非常同意马蒂亚斯·波利蒂基今天早上提到的"无论你是什么国籍、什么性别，作为作家你都只有一个任务，那就是语言"的观点。但我同时认同塔卢拉女士所说的"在某些特定时间、空间里，文学还是有它的现实意义"。在我看来，文学的意义更多是从接受者生产的。文字不可能独立于大环境而独自成立，因此，对于写作者来说，挑战一直存在，虽然我们当今面临的挑战和千百年前很不一样。

马瑞科·可塞克

Marinko Koscec
克罗地亚小说家

我们在今天的环境下讨论"文字想象"的话题是非常有必要的，因为这其实给我们提出了一个问题：想象与现实之间到底是不是对抗的关系呢？不得不谈及早上提到的"文化"的概念，从标准定义来看，文化其实是由某个特定人群中一套约定俗成的法则构成的。一种活着的文化必须能够帮助群体中的个体去理解其他人。文化的使命就是尽可能多地影响族群里的人们。

但是，作为文化载体的文字，现在已经难以完成这个使命了。究其原因，首先是效率问题，相对于现在的大众媒介、大众娱乐的手段，文字已经无法快速和高效地为大家呈现有用的信息了；从另一个角度来说，当今发展变化的速度越来越快，一切是流动的，写作者们逆势而为，塑造更加凝固和缓慢的艺术，从这个角度来说，现在的文学和"文字想象"更多成为悖论，因为它是逆着文化而行，而当今主流文化，包括娱乐和消遣、遗忘，都是我们希望用写作与之对抗的事。

对抗这种主流文化，并不是应该让写作更加严肃、板起面孔，而是要在主流空间之外创造更加私密和当下的、更加有意义的空间。

约瑟芬·威尔逊

> 马瑞科·可塞克先生的发言让我开始了自己的思考。我一直在想，为什么而写作？无论如何，都有其动机和目的。我希望通过写作找到和自己以及他人对话的方式，这种方式并不一定要求我们用更现实主义的写作手法，我也一直向自己提问，什么样的形式、风格是最适合我的表达方式？无论什么表达方式，对我来说，最重要的是反思的意识。如果跳脱了历史和文化的背景，来单纯地谈论哪个形式更好是没有意义的。在苏联时期，文学的主流更多是现实文学或历史纪实文学，在这样的状况下，更为轻松幽默的小品文或者其他文学体裁恰好是反抗主流文学的一种形式，而且成为了对主流文学的批评。

塔卢拉·弗洛雷斯·普列托

> 我父亲是一位小说家和爵士乐评论家；我的母亲是一位公关兼记者。这样一来，我童年的风景总是被打字机的画面、键盘的声音和那些与怀疑联系在一起的突然的沉默所干扰，让我对空白的书页、打印出来的文字感到惊讶。所以我属于这一代——他们虽然还会伸出手把笔蘸进墨水里，但他们认为，机械书写器具仍然具有自己的独创性，虽然随之而来的技术，为探索世界带来了新的方式。

虽然今天亲近或疏远的概念已经可以通过虚拟的道路来调和，"聊天"这个词不仅与家庭对话有关，或者与这只黄胸鸟的形象有关——这只鸟被描述为唯一能发出哨声、笑声和咯咯笑声的鸟，就像爵士乐的即兴演奏一样，我依然心有戚戚。虽然我们宁愿使用虚拟飞机，也不愿因在陌生的城市中迷失而要求人类慷慨解囊，我们也可以这么说，我们在当今这个时代是适得其所了。

今天还要抹杀技术的实用价值，何其愚蠢！但对于那些看到技术对人类社会关系、对环境造成负面效果的人来说，这个问题其实还有一层深意。在《尊重和专注的眼神》一书中，约瑟夫·埃斯奎洛指出了一个可怕的情况：虽然技术和人类一样古老，但已经失去的毕竟是作为生命本质的自然的参照。

但是我们还没有到达世界末日，我们看到了迪迪·哈博曼从奥斯威辛的桦树中收集树皮碎片，并将它们解释为信件，洪水，道路，时间和肉类，我们的呼吸平复了许多。据说，地壳是他迈上诗歌的跳板，这一刻博学的分量变得很轻。

当代文化和网络文化在某种程度上触动了我们的思维模式，给我们提供了一种虚假的合作的目光，或者扼杀了我们真正的目光。外部现实的心理表征（树下平静的身体或柏油路上痛苦的身体）；而抽象的（好的或坏的味道）似乎被注入到科幻小说中。

几天前，当我经过北京地铁的一条隧道时，我看到一个年轻母亲，她用手指指着海报上印着的字，教她儿子大声朗读。通常老师这个行业好为人师，指指点点，她用她的目光鼓励他，奇迹发生了，我深受感染，情不自禁也跟着她大声读着海报上的汉字。我的手指几乎碰到了她的手指，但当每一个手势都以孩子的声音重生时，我的手指又回到原位。我们的身体领域赢得了新技术的青睐。

但我们与自然或创造的图像之间的关系，将不仅取决于对人类和文化景观中积累的感知和记忆的坚持，还取决于我们不得不预期的未来的回声。麦肯齐·沃克斯与布拉德伯里英雄所见略同，澄清了一个观点：宣称主宰我们未来的大型科技公司预测，未来的文明只会在替代司机方面发生变化——出租车司机和卡车司机将失去工作，即被机器人取而代之……因为机器会在路上撞到我们。

为什么在匮乏时期我们继续坚持做一个诗人？霍尔德林问道，召集我们从他试探性的问题中寻找答案。拉丁美洲诗人在努力强化一种与我们史诗时代相符合的美学语言。我们在讨论现实生活中的诗歌，其实源自批判理性和现代性，一个脆弱或强大的女继承人。我们的讨论更源自浪漫主义和它的革命性概念，这一概念不仅杀

塔卢拉·弗洛雷斯·普列托

Tallulah Flores Prieto

哥伦比亚诗人

死了上帝，而且教会了我们新的方式去爱，去思考，去触摸，甚至去死。当然，也源自先锋艺术强烈的意识形态思想内容和全新的版面设置。

因此，作为美洲土著、非洲和欧洲的祖先的共同的后裔，作为上世纪 60 年代 70 年代革命的一代年轻人，我们今天仍旧葆有革命激情，我们听从洛尔迦的呼唤，我们的手已经准备好采撷更多的树枝，遥望远方，或走向遭受暴力和战争蹂躏的社区，给阴郁的生活投射些许亮光。我们的任务是避开媒体布设的重重陷阱，积极战斗，并在接近生命的水域中航行。（黄少政 译）

约瑟芬·威尔逊 > 我想回应一下张怡微教课的经历以及王安忆老师所提到的虚构与非虚构的界限。在澳大利亚，我们有一个名词专门来指代这一系列的作品：非虚构的文学类作品。这也是近几年来比较火的概念，有一位获得澳大利亚的文学奖的作家讲述澳洲土著人通过描述自己的亲身经历，并集成一本册子；还有一位作家讲述的是跨性别女性是如何帮助灾后的人们去重建生活的故事。这个题材是最早从美国兴起，创伤后的自传体作品在美国有很大的读者量，很多时候他们会描述自己罹患癌症、战胜病魔的故事。美国也有一个比较好的系统来鼓励这样的写作。他们放宽了对题材的要求，不一定要通过小说讲述故事，长篇散文或者其他叙事的文体都是可以接受的。我听说这种写作的收入颇为丰厚，很不幸，澳大利亚并没有这样的鼓励机制。在中国有类似的系统或制度鼓励非虚构写作吗？

张怡微 > 我不知道中国有没有对于非虚构写作的丰厚资助，但非虚构的写作现在非常流行。上次您跟我说在中国领养一个小女孩，我很有兴趣的是，您会选择虚构还是非虚构去写一段真实的经历，会写成故事还是纪实？

王安忆 > 虚构和非虚构的概念，是近些年从国外引进的。中国以前有一个文类叫作报告文学。中国的报告文学写的大多是重要的人、重要的事。个体的经验或情感的抒发，通常归到随笔、散文的文类里。但是当我们拥有了一个叫做"非虚构"的文类时，我们便发现它可以囊括很多品种，这样一来，可以很好地使小人物、小事件进入书写中来。我认识一位澳大利亚的非虚构写作者，非常著名的《辛德勒的名单》的作者。《辛德勒的名单》电影是非常著名的，远远超过这本书的著名程度，只有少数人读这本书。如果有兴趣进行电影和小说对比，你会发现电影富有更高的戏剧性。电影的最后字幕会呈现：某某人是真实的，他死于什么时间——这又增强了其戏剧性。中国的非虚构文体出现以后有一点和时间赛跑的意味，因为与此同时传媒时代到来了。传媒时代可以说是覆盖性地把所有角落里的新闻事件、非新闻事件都作为存在而转化为文字。我常常说，我们现在有随手拍照的手机里庞大的照片数量都超过了我们真实存在的数量。如何避免媒介的陷阱？这是对每个人的挑战。

约瑟芬·威尔逊 > 我昨晚在读一本书，里面提到了基于南京大屠杀这一历史事件改编的电影，据说在中国是一部大片。从文本到电影的改编中，到底什么被牺牲了？这个电影到达了所谓国际水准之后还是不是原来的样子？为什么一部讲述中国历史事件的电影必须要通过远渡重洋的方式才进入人们的视野呢？

路内 > 中国的非虚构写作，虽然没有官方奖金，但三年前曾发生过一件事：当时一个杂志报道了若干年前发生在海洋的一艘小型远洋货轮上的船员互相残杀、最后十几个人死亡的故事。这个故事被详细报道出来以后，在互联网和手机上被迅速传播，被大量的影视公司看重了，于是有的影视公司去找口述的人要版权，有的找报社要版权，大概有十几个公司都声称有改编影视剧的版权。这件事刺激了中国的新闻界，因为中国的记者原本稿费很低，但他们忽然发现，通过卖影视版权能够挣很多钱，于是他们就把自己手里讲述耸人听闻、匪夷所思故事的稿子全都拿出来放到影视剧的市场上。后来有很多公司开始征集普通人匪夷所思的故事，尤其是家族的匪夷所思的故事，只要能拍成电影、电视剧的，他们都去收集。但是我们后来发现，当它们被拍成电影、电视剧，这些获得了高收益的故事仍然在遵循着虚构故事的结构模式。虽然这些是真实发生的事。从这个意义上

讲，报告文学并没有对虚构小说构成太大的威胁，但是这些匪夷所思的故事出现之后，确实冲击了虚构小说的市场。读者对这样的作品会更感兴趣，甚至连文学批评家都会在亚文化范畴之内研究这样的现象。

小白 > 今天的主题是有两个方面，一个是关于虚构和非虚构这两个文体，另一个是传媒时代的传媒内容侵蚀了文学的想象力。关于第一个方面，我的感觉，虚构和非虚构这对双胞胎实际上是文化机制的一种计策。从中世纪以前，讲故事是不分虚构还是非虚构的，直到16、17世纪出现了出版系统的机制。虚构和非虚构被加以区分的状况，是出版机制的产物，近现代小说在17世纪出来的法语单词中最初的含义是新闻、八卦，是小报上刊印的达官贵人家的私密故事。这种小报上的文体出现之后就大量占领市场，拥有大量读者，故事就逐渐不够用了，写作者越来越倾向于造一点故事，把叙事技术不断向前推进。17、18世纪写虚构的作家在写作的时候需要一点依据，他们往往会说这个故事从某个贵族家里一个抽屉里拉出来的私信，或者是门后听到的故事。你会感受到，小说这个文类出现最初的时候，写作者试图抓住一些真实的依据。

虚构和非虚构作为文类的分野之所以越来越清晰，更多是因为出版系统、出版市场的需求导致了两种文体越来越成熟。我们往往有一种错觉，好像虚构就是讲假的故事，非虚构就是讲真的事情。现在的学院体制里有学术论文制度，论文是非常严格的，观点和结论必有依据，但商业市场上出现的非虚构文类并不是非常强调真实的依据。文体意义上的虚构与非虚构是比较含糊的概念，更重要的是我在写一个具体事件的时候，我的选择是什么。作为作者没有必要强调"我写的就是虚构"这样强烈的文体意识，但当

小白

上海市作家协会专业作家

你写一个具体的事件，你应该有一个非常一致、一贯的选择、取舍，倾向于虚构还是倾向于非虚构。

虚构和非虚构的边界非常模糊。我举个例子：我写过有关上海史的小说，我查上海工部局警务处原档，当我看到原档案时才会对它们的真实性产生怀疑，因为有些档案写在香烟壳的背面，有些档案随意地写在酒店菜单上，有些还写在小学生的练习本上。去追索这些档案产生的机制，会发现当时上海警务处巡捕房里没几个警察，真正在编的警察只有几十个，他们会大量雇佣社会上的闲散人员"包打听"，他们每天没事就在外面打听，甚至每半天写一个报告交上去。那些人是社会上的"二流子"，在大烟馆，或者妓院，或者其他什么地方，抽大烟抽到一半想起"今天任务没有完成"，随便从抽屉拿一个条子写完交给警察，这些有可能是为了完成任务瞎编的。

面对这些材料的时候，我想起来读过的美国汉学家魏斐德写的《上海警察三部曲》。我读了书，看了脚注，尽可能把所有脚注索引原档找来看，发觉所谓原档就是刚才说的那些东西。他依据那些东西写出来的可能不算学术论文，也可能算某种学术论文，最后作为非虚构出版物出版，并告诉人们，这是上海历史的真相，是非虚构的作品，可以追溯到我刚才讲的档案上。我遇到的这些事情，让我觉得虚构和非虚构之间有某种差别：对我来说，是不是应该以那些档案作为我的基本出发点？如果是，我写的可能是非虚构；如果我还不相信它，而认为这些档案是某个大烟鬼随便写的，那我就不得不进入虚构。我这里所讲的虚构和非虚构，并不是先前说的文体之间的差别，而是写作的依据，是追索真相路径的终点在哪里。

另一个问题，关于传媒时代对我们文学想象的侵蚀，昨天晚上读《破格》的时候读到美国作家唐·德里罗的观点，他认为，现在真正的想象力是在911开着飞机撞大楼的恐怖分子手里，他们才是给世界编造出乎意外想象的人，他们劫持大众的注意力，他们完成了对于我们这个时代的想象。这是文学家的极端的说法。但我觉得和我们今天的主题有非常深的关系。

面对这种侵蚀文学想象力的巨大力量，我们很多作家选择退出，退回到语言中，自己还有一片阵地是语言。我不知道这种退出是不是正确的道路，因为我对小说、虚构、故事是非常有信心的。我们知道，当人类世界有突发性的巨大事件的时候，比如第二次世界大战爆发了，德国人开始进攻法国、轰炸英国，英国的国防部门就招募一批作家，把他们组成一个委员会，让他们编假故事——这是在谋略上编假故事。前段时间看《西部世界》机器人公园的故事，机器人公园确实是美国国防高级研究局做过这样的思想实验，一群科学家像我们今天一样坐在一起聊，想象未来机器人的发展方向，是不是可以考虑让机器人在围墙里组成一个社区，让它们相互斗争，以此来提高它们智能的发展。重点在于，即使在人工智能构成的机器人构成的空间中，人们还是需要招募一些小说家给里面的社会系统写一些故事线，不然社会系统没法运转。一个小说家的任务并不是感叹：生活比小说更精彩，我们退缩到语言中吧！而是要认清自己有这样的任务，还要具有通过小说来发表困惑的野心。

唐颖 > 什么是真相？你刚才说到电影，我在电影厂工作过。刚才路内说，有时候新闻报道会使电影厂想拍故事。当时我遇到这样的状况：有报道写了几个下岗工人，他们自己去买了奖，得奖以后自办公司。当年 90 年代，整个中国体制在变化，社会有大量下岗工人，这个题材对当时的媒体来说是非常正面的题材，当时我们电影厂想抓这个题材。那时候我们电影厂有一点小野心，想做有纪录片风格的电影。而这件事已经发生过了，我们把工人叫过来，让他们把曾经发生过的故事再演一遍。事实上，这已经不是真相了，因为我们重新把它写成一个故事，想让工人演出来，给人感觉是一个纪录片风格的电影。我们做电影的时候发现我们之前听说的不是真相，我们听到了和媒体叙述不同的故事，然而由于主题已经被电影厂通过，我们不能再加其他的东西，我们就开始做"真人电影"。这时候我发现了"真"和"非真"之间的问题。做这个故事的过程中，我们开始一直在怀疑，但是在拍摄过程中抓到了真实的东西，比如在郊区的时候，看到农民中有几个女孩子跳脱衣舞，冬天里她们把棉袄脱掉，脱到棉毛衫，她们把这个作为脱衣舞来跳。拍电影的时候突然抓到这样的片段是非常真实的。即使故事已经重新演过了，但由于是工人来演，所以依然给观众一种真实感，好像是非虚构的，但我们都知道它还是虚构的。

小白 > 关于安忆老师提到的报告文学，我做一点补充。我刚才强调虚构和非虚构的生产机制，报告文学也有它的生产机制，它是 20 世纪初左翼革命运动的产物，是苏联发明的文类，是为了宣传、鼓动，这是它的起点。并不是说有多真，重要的是效果。纪录片也存在这样的问题。谈到生产机制，纪录片有一个重要的源头是左翼电影，是苏联左翼在国际共产主义、社会主义革命、左翼思潮运动带来的，它其实并不追求真，而是宣传鼓动的效果。电影史说，有一些纪录片导演尝试使用过纯客观的、毫无主观的设计和预谋来拍一部纪录片，这样往往会失败，真正好的纪录片还是有一个主观的规划和设计，这样的实践重点在于效果，无论宣传什么，重点是达到想要的目的，而不是就追求"真"就拍得像真的一样。

约瑟芬·威尔逊 > 我想问个问题，您刚刚所提到的为政治服务的纪录片和现在的纪录片是同一个概念吗？

小白 > 我并不强调它为政治服务。我指的是主观意图，我所讲的是意图，这个意图并不一定是左翼革命。纪录片一定不是要求"真"，要拍得和真的一样，一定会产生与设计、规划不同的甚至让某些人物与原本的状态有些背离的东西。

约瑟芬·威尔逊 > 这和我们想象中的非虚构还是有一定不同，你刚刚提到的很大程度上还是以宣传为目的，很多时候并不在考虑创意的过程是怎样的，这个故事应该怎么讲。

小白 > 我只是说这个文体在诞生初期，这样的生产机制导致了它的诞生，并不能说有了这个文体之后不能让它派其他用场。你可以用带有主观意图的文体来完成你自己想表达的东西，你可以宣传女性主义，宣传被压迫民族、底层人民的生活，宣传被欺凌的人们的生活。这个问题在产生之初就是带有这样的意图，而并不是字面上的虚构或非虚构，也不能清晰地说纪录片和故事片一个追求真、一个追求假。

黄少政 > 小白刚刚提到纪录片的宣传，其间的分别是非常微妙的。所有的纪录片都服从某个目的，比如说，非洲表现野生动物的纪录片大多服从一个目的：保护环境、保护稀有动物。无论讲虚构还是非虚构，最关键一点，全世界的作家都要服从一个目的，无论你承认不承认，你都要尽可能忠实地表现我们的生活，虽然媒体时代带来更多的困难，这仍然是一个基本的假定，也是一种美德。《勇士勋章》的作者在二十多岁写这部小说，他没有参加过美国内战，但是写完小说收到许多来信，老兵问他在哪一连哪一排服役，因为他描写得太真实了。这完全是虚构，他没有参加战争，但是对战争场面的描写、心理的描写比参加过战争的还要真实。这是美德。

马蒂亚斯·波利蒂基 > 刚刚聊到的带有宣传目的的写作，让我想到 2015 年之前的德国，那时我们都认为在报纸上所读到的故事是真实发生的，但 2015 年之后，写作者和读者都发生了变化，读者不再认为报纸上写的是真事。写作者也开始非常小心，最重要的是他们必须写政治正确的东西。现在，当我们面临着民主和信仰双重危机的时候，你必须首先有左翼或者是右翼的政治倾向，才能做一些符合你政治导向的言论。作为一位作家，我认为这是我们的机会，也许我们只有在虚构的作品里，比如诗歌、小说中，我们才能够把真相真正地说出来，而且不带有任何的政治流派的痕迹。

马瑞科·可塞克 > 为什么是 2015 年，2015 年德国发生了什么？

马蒂亚斯·波利蒂基 > 对于英国人来说，2016 年的英国脱欧是标志性事件，让英国民众对新闻报道产生了怀疑；在德国，标志性的事件是难民危机，2015 年德国的新闻媒体开始大幅度报道难民危机有关的故事和我们曾以为确实发生的事实，2015 年有非常著名的大学教授和记者去重新阅读这些新闻报道，得出的结论是，在我们看来即使是可信度非常高的报纸，也并没有完全告诉我们真相，即使他自己非常信任的报纸，所做出的报道也是游走在现实与虚构之间。

弗朗西丝·爱德蒙 > 早在 2000 年初，关于伊拉克有大规模杀伤武器的报道，便是不实报道的开始。

蔡骏 > 今天的题目是"传媒时代的文字想象"。传媒时代是非常强势的，各种形式的传媒拥有霸权，无孔不入地侵蚀着我们的生活。与传媒霸权共生的是语言的霸权，今天在座的有很多是非英语国家的作家，除了一位匈牙利女士用她母语进行发言，其他所有作家都用英语进行发言，某种程度上已经落入了语言的霸权。毕竟使用自己的母语来表达更能传递自己真实的思维，比如我到英语国家，如果没有配中文翻译，我可能无法表达我的思维。这个月我刚去了欧洲，我一本小说的法语版在法国出版，在法国、比利时做了签售和讲座，我接受了欧洲媒体的采访。

我有两个感受。首先，他们对中国现实的兴趣远远大于对中国小说的兴趣；第二，在传媒的时代，普通大众对经典的阅读显然是在退化。我和法国中学生交流，问他们法国的文学，他们基本上都没读过。但他们都读过《哈利·波特》，读过英美的流行文学。我注意到，中国的流行文学中有占据很大一部分的网络文学，是不存在非虚构门类的，全部都是虚构。今天这本小册子里有外国作家杰夫·惠勒的介绍，上周六我和他在上海有一个对谈。杰夫·惠勒是奇幻小说作家，虽然奇幻小说看起来完全是虚构的，但他小说的素材来源于欧洲中世纪的历史，特别是英国的玫瑰战争，虚构和非虚构很难去分开说。从人类最早的文学文本来说，很可能先有虚构，后有非虚构，比如西方文学和历史的源头，很可能是《荷马史诗》，虽然现在考古发掘已经证实了特洛伊存在，但是这并不能说明《荷马史诗》是非虚构的，也并不能证明木马屠城是存在的。正是木马屠城的故事才让《荷马史诗》流传两千多年，直到今天

蔡骏

上海市作家协会理事
上海网络作家协会副会长

被人们不断阅读，具有流传的价值。我必须承认现实是无限精彩的，但是小说是什么？小说就是一种可能性的艺术。如果说现实生活有一百万种结果，那么小说就有着一百万的平方种可能性。

小白 > 刚才蔡骏老师说虚构是最早出现的。对于生活在神话时代的人来说，神话就是真实发生的事，那个时候没有虚构和非虚构。说到人类的大话题，人类后来渐渐发展出有意识的虚构，并用虚构的方法来写一篇小说。在 17、18 世纪有非常多小说，用"我有一个客人向我讲述"，或者"我在某地方拿到这批书信集"的方式叙述，说明作家对虚构的信心是逐渐形成的，是逐渐从混沌的文本中发展出来的过程。

路内 > 前一阵看一位法国学者写的分析纪录片的书，他说，好的纪录片应该像小说，好的电影应该像纪录片。我逐渐理解这句话。毫无疑问，他讲的并不是关于内容，而是关于广义的语言的问题。我认同德国这位先生讲的，用何种语言来讲述你的题材。

塔卢拉·弗洛雷斯·普列托 > 我还是想强调一下，各个历史时期产生的伟大的文学和艺术作品，我们要时常回顾，因为在几乎每一个历史年代，作家、导演都用他们的方式创造文学和艺术作品，反映现实的同时也超越了现实，这就是为什么直到今天我们还能够记得它们，并愿意重新观看它们的原因。

克里斯托斯·克里索波洛斯 > 我想提到一部与今天的话题相关的纪录片，是 2012 年拍摄的一部纪录片，讲述的是发生在 1965 年和 1966 年印度尼西亚的一场杀戮，直到现在罪犯都没有被绳之以法，在印度尼西亚的某些地方，类似的事情还正在发生着。拍摄的时候，整个电影团队来到印度尼西亚，找到当事人，要求他们戏剧化地表现那些故事，而不是重现当时的情景。当时，拍摄团队给了当事人一些基本设备，拍电影的时候他们发现了一件很有意思的事：他们拍出来的影片一部分像音乐剧，一部分用典型的西方电影的拍摄手法，还有一些罪犯会在里面出演受害人。电影上映引起了很多争议，大家都在讨论着，有这么讲故事的吗？除了真实与否，大家还在讨论它正义与否。很多时候，当你把当事人和受害者，真实的历史事件和读者放到一个面对面的场合，我们很难去判断一切是怎样的，真实的场景和情况到底是怎样的，你怎么样去理解这件事情，你站在什么样的立场？这个问题更能引发我们对于当下时代的流动性的思考。

木叶 > 新媒体包括微信、微博，网站已经属于传统媒体了，还有更加古老一点的报纸。无论我们从事纯文学小说写作，还是先锋写作，或是更现实主义的写作方式，具体到面对现实的时候，如果一部小说写出来之后无法超过微信公众号一夜之间发出来的同话题文章那么饱满、直指现实、指触人心、充满想象力、怀着人类另外的情感、另外的精神追求，你谈的很多事情是徒劳的。一个读者读一篇作品，无论虚构还是非虚构，或者是公众号，他通过阅读满足了对人类的想象、未来的想象、对现实真相的把握、对人类情感的介入，他就认为是好的作品。

竞技还包括相互借鉴，新闻、非虚构、微信公众号、微博已经非常深入地借鉴了文学的很多优点，这时候纯文学、先锋文学要有两种可能性，一种创造出更新、更好的文学表达方式，或者好好借鉴新生媒体的统摄力、综合创造力，这时候写出来的东西才会更加不同。如果写出来的东西不能与新媒体竞争，连真实性超不过对手，连人类的精神、人类的理想都超不过对手，还谈什么纯文学，谈什么先锋？都是没有意义的。

据我所知，非虚构的概念最早源自于美国上世纪 60 年代杜鲁门·卡波特《冷血》，当时在美国一个地方发生灭门案件，后来《纽约客》与卡波特合作，到这个地方，用了六年时间调查，采访受害者周边的人和两个嫌疑犯等等，写了四千页的内容，写出来之后取名《冷血》。非虚构最初只被称为"新新闻"，证明非虚构借助了新闻的力量。卡波特是小说家，他用虚构的力量把两者合在一起，这和"报告文学"或者今天的"非虚构"概念是不完全一样的，它的力量来自于巨大的投入，而且也有充分的想象。马克·吐温说

现实比小说还要离奇。现实的逻辑性不需要告诉你的，它是自己发生的，你写小说的时候，无论用怎么样魔幻、玄幻、奇特的想象来写，最终有一条底线，你要赋予它一种逻辑性，这时才更加考验小说家的创造力。

约瑟芬·威尔逊 > 我来中国后，听说已经没有人听广播了，但在澳大利亚人们还会听广播，通过这种媒介表达自己的观点，也有很多作家会使用广播这种媒介发声。此外，很重要的媒介是众多的独立文学杂志，这也给予很多新锐作家写作和发表的机会。我想知道，中国是不是也有这样的新媒介，让新的作者崭露头角？

钟红明 > 我编的杂志《收获》在中国是一本传统文学杂志，有六十年的历史，让年轻作者崭露头角是我们追求的方向，隔年或者每年有一个专门的"青年作家专辑"，发表年轻的写作者们的作品。在这些作品里，我们会看到新的认识世界的方式，和他们的文学表达的方式。有人说，在新的传媒时代，传统的期刊不知道在未来什么时候消亡，就目前而言，这本杂志的发行量在同类期刊里是比较高的，也就是说，在中国写作者的现实图景里，很多人还是把文学写作作为他自己的生活方式和情感寄托的方式，他或许不在写作的行列里，也许在阅读文学的行列里。

钟红明

《收获》副主编

作为编辑，我们读一部作品，无论它是虚构还是非虚构，我们都在做一个比较，它是不是有与以往不同的想象力，包括语言表达方式，审美表现和思想？事实上，我认为真正好的文学作品是非常个人化的。对于现实简单的摹写，写出现实中所看到的故事，这些都不是优秀的文学作品。面对现在的传媒时代，我想起莫言先生说过的一句话，他说，没有想象力的文学作品就好像没有灵魂的狗。这句话所说的意思是，想象力是文学创作的推动力，我理解为是对世界、人、人性等本质的探索。

我们杂志既刊登非虚构类作品，也刊登虚构类作品，虚构类的作品更多。但是我们不刊登报告文学，我们所追求的作品里一定要有作家的个性化的观点，一定是这个作家个人的写作图景的展现。

塔卢拉·弗洛雷斯·普列托 > 刚刚提到马克·吐温，想到一则轶事。马克·吐温第一次访问伦敦，在他抵达当晚，大英博物馆有一件非常重要的馆藏丢失了，那名记者在报道这件事和报道马克·吐温访问伦敦的时候，犯了一个小错误，报纸上大英博物馆藏品丢失字样的下面出现了马克·吐温的照片。

迪米特罗斯·索塔克斯 > 在我看来一切都是虚构的，即使你想要谈论昨晚发生的事件也没有办法完全再现出真实的场景。

弗朗西丝·爱德蒙 > 没有客观事实这一说，我们所做的只是尽可能地去体现、促成这种转化，从流动的生活当中找到一些具体的细节。

迪米特罗斯·索塔克斯 > 即使是我们所相信的历史事件、重大事件，包括今天的座谈，在后来被讲述的时候已经注定不是它本来的样子了。在希腊，小说从来不是流行的文体，希腊人非常喜欢看讲独裁、内战的故事，当我开始从事小说创作的时候，我感到很大的风险，但我还是毅然地开始写了。我想说的是，不同的时代有不同的趋势和潮流，但是作为一个作家，你还是应该追逐你内心最向往的写作方式。有时候我的读者会写信给我说：你写得真是太好了！我仿佛在你的小说里看到了我自己的影子。这时候我会觉得非常的害怕。我是为了

7

逃离生活的细节才写这些的。

米兰迪·里沃 > 你不希望让读者在其中找到自己的影子，这挺有意思的。这恐怕是你作为西方男性，已经在足够多的书籍、历史找到自己的影子，毕竟我们所阅读的大部分东西还是西方中产阶级男性所撰写的。作为女性，作为少数族裔的女性，我还是认为应该有非常多的空间去重新讲述我们认为自己熟知的故事。

迪米特罗斯·索塔克斯 > 我想澄清的是，当一位读者告诉我"你写的好像是我的生活"，这并不会给我带来什么成就感，我认为这是一件并不太有意思的事情。

米兰迪·里沃 > 但是对于某些读者来说，如果能够在作品中找到自己的代表，并且勇于承认它，这是非常勇敢的事情。

约瑟芬·威尔逊 > 我上学的时候，文本分析是非常流行的方法，大家应该比较熟悉罗兰·巴特的理论，我们如何分析跨文本或者原文本？写论文的时候必须要有相关的引用。在罗兰·巴特文本分析的传统下，我们非常容易随口而出，一切都只是架构里的，一切都是虚构。对我来说，区分事实和虚构很有必要。特别当我们活在当代的环境之下，有些国家有必要审视过去发生的事件，并且以一种全新的方式去理解和诠释它们。我长大后，每个人被教授这样的观点：当我们来到澳大利亚的时候，所有当地土著直接倒下了，没有抵抗。他们就是这样死去的。我长大之后，发现事实并不是这样的。为什么我们会被教授这些东西，是因为想要美化英国殖民者来到澳洲夺取土地的行为。所以我认为，这些挣扎着希望去还原一个更接近客观事实的做法是非常重要的，只有看清历史、理清历史，我们才能走向更公平、更真实的未来。

王安忆 > 传媒时代还有一个奇怪的繁殖效应。中国大陆在上世纪80年代曾经有一个电影《小街》，讲的是"文革"时期一个女孩子受到红卫兵的冲击，红卫兵把她的头发剃成男孩子的发型，那个时候电影产量很低，难得有一部电影。这部电影放映以后，上海就出现了新的时尚，女孩子都剪男孩子的发型。生活其实是在复制或模仿艺术，过去信息有限的时候，复制是非常缓慢的。生活复制艺术、艺术又复制生活、生活再次复制艺术，这个周期非常长。到今天的传媒时代，周期加快了，生活复制艺术，艺术很快复制生活，这样的繁殖非常旺盛，我们再回首，要找到最初的原型已经非常难了。我们如果再想象、再创造，尤其是写小说，我们根据什么？诗人恐怕不会遇到这么严峻的挑战，他们的话语本身就是虚构的，但是小说在外相上与生活太相象了。这是我们今天这个题目产生的背景。

非常感谢大家的耐心。越到后来，我们的讨论就越发复杂和深入，有那么多声音在发声。这次会议是非常成功的。谢谢大家！

✎ 研讨会现场

✎ 研讨会成员合影

外国作家手册

Adonis

阿多尼斯
Adonis
—

诗人、思想家、文学理论家。原名阿里·艾哈迈德·赛义德·伊斯伯尔，1930 年出生于叙利亚北部农村。毕业于大马士革大学哲学系，后在贝鲁特圣约瑟大学获文学博士学位。迄今共创作了五十余部作品，包括诗集、文学与文化评论、散文、译著等。多次获得国际文学大奖，如土耳其希克梅特文学奖，意大利诺尼诺奖，法国让·马里奥外国文学奖，挪威比昂松奖，德国歌德文学奖，美国笔会 / 纳博科夫文学奖，中国金藏羚羊国际诗歌奖等。近年来，阿多尼斯还是诺贝尔文学奖的热门人选，在世界诗坛享有盛誉。现居于法国。

Born in north Syria in 1930. He graduated with a degree in philosophy from Damascus University and went on to earn a doctoral degree in Arabic literature from St. Joseph University in Beirut. Adonis has written more than fifty books of poetry, criticism, essays, and translation in his native Arabic. He is recognized as one of the most important poets and theorists of literature in the Arab world, and one of the most important contemporary poets and thinkers in any language or context. Adonis's many awards include the Nazim Hikmet Prize (Turkey), the National Poetry Prize (Lebanon), the Golden Wreath Award (Macedonia), Nonino Prize (Italy), Prix de Poésie Jean MalrieuÉtranger (France), the Bjornson Prize (Norway), the Goethe Prize (German), PEN/Nabokov Award (United States), the Golden Tibetan Antelope Award (China) and many others. In 1997 the French government named Adonis Commandeur de I'Ordre des Arts et des Lettres.

Christos Chrissopoulos

克里斯托斯·克里索波洛斯
Christos Chrissopoulos

小说家、诗人,1968年出生于希腊。已出版十八部散文集、摄影集、中长篇小说、短篇小说集等作品,并被译成英语、法语、意大利语等多种语言。曾获法兰西文学艺术骑士勋章,保加利亚国际巴尔干文学奖,法国儒尔·巴泰庸外国文学奖,希腊雅典学院叙事散文奖,法国哈瓦肖勒奖等文学艺术奖项。曾参加美国爱荷华国际写作计划,瑞典波罗的海作家和翻译家中心驻市项目,欧洲文学翻译中心驻市项目等活动。

Born in Greece in 1968, novelist and poet, he has published 18 books, some of them have been translated into English, Italian and French. He won several prizes including Ordre des Arts et des Lettre in France, International Balkanika Prize in Sofia, Laure Bataillon Prize for Foreign Novel in France, Academy of Athens Prize for Narrative Prose in Greece, Prix Ravachol in France.

Gabriele Di Fronzo

加布里埃·迪·弗朗左
Gabriele Di Fronzo

—

小说家，1984 年生于意大利都灵市，现居都灵。他的首部小说《大型生物》于 2016 年由米兰的 Nottetempo 出版社出版。2018 年 4 月，他的新书《文学破碎的心自述》由 Einaudi 出版社出版。

Born in Turin (Italy) in 1984, where he currently lives. His first novel, *"Il grandeanimale" (The big animal),* was published in 2016 by the Milan based publishing house Nottetempo. In April 2018, his new book – *a personal essay about broken hearts in literature* – has been released with the publisher Einaudi.

Ginevra Lamberti

杰妮娅·兰碧堤

Ginevra Lamberti

—

小说家，1985 年生于意大利的里米尼市，现居威尼斯。
她的第一本小说《终极问题》于 2015 年底由米兰的
Nottetempo 出版社出版。

Born in Rimini (Italy) in 1985 and she currently lives in
Venice. Her first novel, *"La questionepiùchealtro"* (idiom-
atic expression translatable as *"The question after all"*),
was published in the late 2015 by the Milan based publisher
Nottetempo.

Jeffrey Michael Wheeler

杰夫·惠勒
Jeffrey Michael Wheeler

超级畅销书作家，1971 年生于美国。2014 年，他提前从英特尔公司退休，开始全职写作。他创作的系列幻想小说作品"金泉系列""米尔伍德大地传奇系列""米尔伍德大地契约系列""米洛文密语三部曲"和《荒野之地》等，是欧美图书市场的经典畅销书，他的故事包括魔法、新世界，充满了人类的戏剧、悬疑和情感。同时，他也是《深奥魔法：健康奇幻和科幻》电子杂志的创始人。

Born in American in 1971, a Wall Street Journal bestselling author of more than 20 books. He took an early retirement from his career at Intel Corporation in 2014 to write full-time. His top selling books are the Kingfountain series (staring with *The Queen's Poisoner*) and the Muirwood series (starting with *The Wretched of Muirwood*) which are fantasy stories like *Lord of the Rings* and *Harry Potter*. His stories include magic, new worlds, and are full of human drama, suspense, and emotion.

Katya Geraldine Adaui Sicheri

卡雅·阿达维

Katya Geraldine Adaui Sicheri

——

小说家、编剧、摄影师，1977 年出生于秘鲁。曾创作故事集《这里是冰山》《什么已消逝》，长篇小说《我不知道我懂什么》，文字见诸于秘鲁及国外文学选刊，作品《七重浪》曾被改编为戏剧在利马上演。作为编剧，其首部电影《万劫》将于 2019 年在秘鲁上映。现为秘鲁国家广播电台书籍频道阅读推广人，并在阿根廷攻读创意写作硕士。

Born in Peru in 1977, writer, scriptwriter and photographer. She wrote the story books: *Here Be Icebergs* (Bolivia and Perú), *Something has slipped away from us* (Uruguay and Perú), and the novel: *I will never know what I understand* (Perú). Her stories and chronicles have appeared on Peruvian and foreign anthologies. Her literary work *Seven Waves* was performed as a play (theatre) in Microteatro, Lima. She conducted a program to promote reading at the National Peruvian Radio (Radio Nacional del Perú) and she is a movie columnist. She works as a scriptwriter and her first movie, *a Thriller,* will be filmed in June 2019 in Peru. She pursued master studies in Creative Writing at the Tres de Febrero University in Buenos Aires, Argentina.

Marinko Koscec

马瑞科·可塞克
Marinko Koscec

——

小说家，1967 年生于克罗地亚萨格勒布。1992 年获萨格勒布人文和社会科学院英法语言文学学士学位。1997 年获得萨格勒布大学人文和社会科学学院文学硕士学位。1997 年开始文学创作，曾出版小说《海底岛屿》《其他人》《仙境》《距离幸福一厘米》《第四个男人》等，出版译著《当代法国散文画像素描》，法语短篇小说集《在黑暗中低语》。现在萨格勒布创意写作中心担任兼职讲师。

Born in 1967 in Croatia. He holds B.A. of English and French language and literature at the Faculty of Humanities and Social Sciences in University of Zagreb (one semester at the Ohio State University, Columbus, USA), M. A. in literature at the University of Paris VII, and Ph.D. in literature with the thesis on the French writer Michel Houellebecq at the Faculty of Humanities and Social Sciences. He published Novels including: *Otok pod morem (Island under the Sea), Netkodrugi (Someone Else), Wonderland, To malopijeskanadlanu (A Handful of Sand), Centimetarodsreće (A Centimetre from Happiness), Četvrtičovjek (The Fourth Man), U potrazizapočetkomkruga (Searching the Beginning of the Circle).*

Tallulah Flores Prieto

塔卢拉·弗洛雷斯·普列托
Tallulah Flores Prieto

———

诗人，1957 年出生于哥伦比亚。获哈维里亚那大学的教育学士学位，埃尔博斯克大学书面语言教学法研究生学位，以及布法罗州立学院理学硕士学位。现任北方大学社会传播学教授、麦德林希伯来学院文学教授。上世纪 80 年代起成为专栏作家和编年史作家。曾出版多部诗集及参与创作选集。塔卢拉·弗洛雷斯·普列托是巴兰基亚国际诗歌节的联合创始人，并在麦德林国际诗歌节担任翻译。曾获大西洋海岸记者协会、西蒙玻利瓦尔大学、巴兰基亚商业协会，以及阿尔杰什河畔库尔泰亚东西方国际诗歌节所授予的各类奖项和表彰。

Born in 1957 in Barranquilla of Colombia. She holds an Undergraduate Degree in Education in Javeriana University, a Postgraduate Certificate in Pedagogy of the Written Language in El Bosque University and a Master of Science from Buffalo College. She works as a professor in Social Communication at the Universidad del Norte and in Literature at the Hebrew School in Medellin. Prieto was a columnist and chronicle and has published several poetry collections from the 1980s. She won the awards and recognitions from The Journalists` Association of the Atlantic Coast, the Universidad Simón Bolívar, The Business Association of Barranquilla, and The Orient-Occident International Poetry Festival of Curtea de Arges.

鲁迅文学院简介

鲁迅文学院

鲁迅文学院是中国作家协会所属的国家级文学人才的培训学院，创办于 1950 年 10 月——由丁玲、张天翼等现代著名作家，精心筹备的国家级文学教育机构"中央文学研究所"，也就是鲁迅文学院的前身得以诞生。此后，六十多年来，从中央文学研究所，到 1953 年的中国作协文学讲习所，到 1984 年改名为鲁迅文学院，时至今日，鲁迅文学院在风雨阳光中走过了六十多年的不平凡岁月。

六十多年来，鲁院始终秉持着建院之初艰苦创业的优良传统，承继源自革命烽火中延安的"鲁迅艺术学院"为国为民的文脉精神，坚守"为人民培养作家，培养人民作家；为时代培养作家，培养时代作家"的办学理念和追求，严谨办学，规范管理，完备典章，延揽名师，广采博取，注重前沿，以"继承、创新、担当、超越"为训导，形成了独具中国特色的作家培训培养模式。今天的鲁院，已被誉为中国的"文学黄埔""作家摇篮"，成为无数作家想往，文学人才辈出，享誉广泛的知名文学殿堂。六十多年来，鲁院举办了各种不同类型的作家班、进修班、研究生班与高级研讨班，超过七千名中青年作家来到鲁院进修、学习，充电和加油。此外，数以万计的文学写作者和爱好者以函授的形式，在鲁院得到了文学的滋养和丰润。

21 世纪以来，随着党和国家对文化事业的高度重视和大力推进，鲁院迎来了历史上最好的发展时期。2002 年 9 月，鲁迅文学院开始举办中青年作家高级研讨班，截止到 2017 年，经全体鲁院员工的不懈努力，共成功举办了三十三届中青年作家高研班，超过一千七百名富有创作实绩和巨大潜力的中青年作家先后走进鲁院，在这里接受了极富鲁院特色的学习和培训。如今，"鲁院高研班"因其广泛的赞誉，业已成为中国文坛一个响亮的品牌，无数中青年作家无不渴望来这里学习深造。

近年来，随着我国文化强国战略的不断深入实施，鲁院也不断面临新的任务和挑战，为此，鲁院注重改革创新，在坚持办好中青年作家高级研讨班的同时，努力拓展新的办学思路，不断探索作家创作培训和队伍建设的新途径和新方式。2010 年到 2017 年，鲁院连续举办了十多期网络作家班，超过六百名网络作家在鲁院学习培训，鲁院已成为中国作协联系网络作家、引领网络文学发展的重要阵地。2013 年开始，鲁院承担了我国少数民族作家培训工程，到 2017 年已成功举办了三十期以上的少数民族中青年作家培训班，有一千五百名少数民族作家在这里得到了良好的文学培训教育。

除高研班、网络作家班、少数民族作家培训班外，近年来鲁院还加大了与各省作协合作办班的力度，同时，进一步将合作办学不断向地市级延伸，2013 年以来，鲁院和各省（行业）、地（市）作协合作办班二十多个，一千二百多名基层写作者得到了极其宝贵的培训学习机会，进一步增强了鲁院在全国文坛的影响力。

2017 年，鲁院与北师大联办的作家研究生班二十名作家学员入学，这是继二十九年之前，莫言、余华、刘震云、迟子建、王刚等著名作家在 1988 年曾经就学的第一届鲁院和北师大联办的研究生班的再次延续，成为了鲁院扩大影响力、提升作家综合素养的重要举措。鲁院目前有八里庄和芍药居两个校区，共有学员单间宿舍一百多间。现有教职工二十余名，分属办公室、教学研究部、培训部、后勤处和图书馆五个部门。

2015 年至今，著名诗人、中国作协副主席吉狄马加兼任鲁迅文学院院长，小说家、诗人邱华栋担任常务副院长，邢春、王冰担任副院长。在所有鲁院人的共同努力下，鲁院的明天一定会更加美好。

Lu Xun Academy of Literature

—————

The Lu Xun Academy of Literature is a state level Academy for training literary talent, an affiliation of the China Writers Association. It has enjoyed an uneven history of over 60 years with its name having changed three times. In October 1953, it's Central Literature Academy, a national level Academy for literary education was co-founded by famous modern writers, including Ding Ling and Zhang Tianyi. Later in 1953 and 1984, it was renamed the Literary Workshop of China Writers Association and Lu Xun Academy of Literature respectively.

Over the past 60 years, the Lu Xun Academy of Literature has formed a training model with Chinese characteristics. It never forsake the hardworking and enterprising tradition developed at the very beginning. It carries over the literary spirit "contributing oneself to the country and the people", which was practiced by the Lu Xun Art Academy during the Anti-Japanese War. It also sticks to its educational philosophy and goal of cultivating writers for the people and people's writers; cultivating writers for the contemporary era and contemporary writers. With "inheritance, innovation, responsibility, excellence" as the motto, it continues to practice strict educational philosophy, standard management, and complete regulations. It also boasts numerous famous teachers and advanced concepts. Today, the Lu Xun Academy of Literature is reputed as the Huangpu Military School in Literature and a cradle for writers. It is a well-known literary palace aspired by numerous writers. Since its founding, the Lu Xun Academy of Literature has hosted seminars for writers, postgraduates, further studies and high-grade seminars. More than 7,000 mid-aged and young writers participated the seminars. In addition, tens of thousands of writers and literature lovers were nurtured and enriched by taking correspondence courses.

Entering the 21st century, the Lu Xun Academy of Literature ushers in the best period for development, as China attaches greater importance to and actively promotes the current cultural undertaking. In September 2002, the Academy launched the high-grade seminar for mid-aged and young writers. Thanks to the hard work of all staff, 33 seminars have been hosted successfully as of 2017. The distinctive training courses offered have benefited over 1700 accomplished writers with great potential. Now, the High-grade Seminar is widely praised and has become a famous brand in Chinese literature. Numerous writers are longing to receive further training here.

The Lu Xun Academy of Literature is also challenged by new tasks as China continues to implement the strategy of invigorating China with culture. Against this backdrop, it continues to explore new educational ideas and new means of cultivating writers and team construction. From

2010 to 2017, the Academy hosted more than 10 seminars for online writers, which attracted over 600 online writers. The Lu Xun Academy of Literature has become an important base to link the China Writers Association and online writers, as well as to guide the development of online literature. Since 2013, the Academy launched the training course for minority writers. To present, more than 30 seminars for mid-aged and young minority writers have been hosted, and 1500 minority writers altogether participated.

Apart from the seminars mentioned, the Academy has focused on strengthening cooperation with the provincial writers' association in recent years, with an aim of expanding its cooperative education on the municipal level. Since 2013, the Academy has conducted over 20 cooperative seminars with provincial and municipal level and different sector writers' associations, offering over 1200 grassroots level writers with access to quality training courses. This also enhances the influence of the Lu Xun Academy of Literature across China.

In 2017, 20 writers participated in the postgraduate seminar co-hosted by the Academy and Beijing Normal University. 29 years ago in 1988, famous writers such as Mo Yan, Yu Hua, Liu Zhenyun, Chi Zijian and Wang Gang are students in the same seminar. By hosting such seminars, the Lu Xun Academy of Literature continues to expand its influence and contribute to improving writers' comprehensive quality. The Academy currently has two campuses, namely Balizhuang and Shaoyaoju, with 100 single rooms. It also has 20 teaching and administrative members working in five departments, namely the General Office, Department of Teaching and Research, Training Department, Logistics Department and Library.

Since 2015, Jidi Majia, eminent poet and vice-president of the China Writers Association began to serve concurrently as President of the Lu Xun Academy of Literature. Qiu Huadong, a novelist and poet served as executive president, Xing Chun and Wang Bing, the deputy President. With concerted efforts, the Lu Xun Academy of Literature is sure to have a brighter future.

吉狄马加

彝族，现任中国作家协会副主席、书记处书记、鲁迅文学院院长。他1961年6月生于中国西南部最大的彝族聚居区凉山彝族自治州，是中国当代最具代表性的诗人之一，同时也是一位具有广泛影响的国际性诗人，其诗歌已被翻译成二十多种文字，在近三十个国家或地区出版了近六十种版本的诗集。曾获中国第三届新诗（诗集）奖、郭沫若文学奖荣誉奖、庄重文文学奖、肖洛霍夫文学纪念奖、柔刚诗歌荣誉奖、国际华人诗人笔会中国诗魂奖、南非姆基瓦人道主义奖、欧洲诗歌与艺术荷马奖、罗马尼亚《当代人》杂志卓越诗歌奖、布加勒斯特城市诗歌奖、波兰雅尼茨基文学奖、英国剑桥大学徐志摩诗歌节银柳叶诗歌终身成就奖。创办了青海湖国际诗歌节、青海国际诗人帐篷圆桌会议、凉山西昌邛海国际诗歌周以及成都国际诗歌周。

Jidi Majia

The Yi ethnicity, was born in June 1961, at Liangshan Yi Autonomous Prefecture where the largest Yi nationalities lives located in the southwest of China. He is one of the most representative poets in China,has broad influence as an international poet. His poetry has been translated into over 20 languages and published for distribution of 60 versions in almost 30 countries and regions. He has been honored with the Third China Poetry Prize, Guo Moruo Literary Prize, Zhuang Zhongwen Literary Prize, Sholokhov Memorial Prize, Rou Gang Literary Prize, the "China Poetic Spirit Award" of International Chinese P. E. N., the Mkhiva International Humanitarian Award of South Africa, the 2016 European Poetry and Art Homer Award, the Poetry Prize awarded by the Romanian magazine Contemporary People, the 2017 Bucharest Poetry Prize, the 2017 Ianicius Prize of Poland and Lifetime Achievement Award of Xu Zhimo Poetry Prize of Cambridge. Since 2007 he has founded a series of poetry events: Qinghai International Poetry Festival, Qinghai Poets Tent Forum, Xichang Qionghai Lake Poets Week and Chengdu International Poetry Week. He currently serves as Vice President and Member of Secretariat of China Writers Association, President of Lu Xun Academy of Literature.

图书在版编目（CIP）数据

鲁迅文学院国际写作计划 . 3 / 吉狄马加主编 . ﹣﹣北京：作家出版社，2019. 4

ISBN 978-7-5212-0389-9

Ⅰ . ①鲁… Ⅱ . ①吉… Ⅲ . ①文学﹣文化交流﹣中国、国外Ⅳ . ① I109.5

中国版本图书馆 CIP 数据核字（2019）第 031967 号

鲁迅文学院国际写作计划 . 3

主　　编：吉狄马加

副 主 编：邱华栋

编　　选：吴欣蔚　胡　嘉　程远图

责任编辑：李宏伟　秦　悦

装帧设计：午夜阳光平面设计公司

出版发行：作家出版社有限公司

社　　址：北京农展馆南里 10 号　　　邮　　编：100125

电话传真：86-10-65067186（发行中心及邮购部）

　　　　　86-10-65004079（总编室）

E-mail:zuojia@zuojia.net.cn

http://www.zuojiachubanshe.com

印　　刷：北京尚唐印刷包装有限公司

成品尺寸：210×255

字　　数：235 千

印　　张：14.5

版　　次：2019 年 4 月第 1 版

印　　次：2019 年 4 月第 1 次印刷

ISBN 978-7-5212-0389-9

定　　价：68. 00 元